博多豚骨拉麵團 9

木崎ちあき
插畫/一色 箱

「都坐上同一艘船了，就堅持到最後吧。」

「接下來不是我的工作。」

Enokida
&
Yamato

博多豚骨拉麵團

HAKATA TONKOTSU RAMENS

9

開球儀式

「你正在搭電車，坐在座位上，車上沒有其他空位。眼前有兩個乘客，一個是彎腰駝背的九十歲老婆婆，另一個是大腹便便的孕婦，你會讓座給哪一個人？」

聽了面試官這個出其不意的問題，身穿素面西裝的青年們全都露出困惑的表情，只有坐在從右邊數來第三個座位上的齊藤例外。

強烈的似曾相識感閃過齊藤的腦海。

齊藤不顧自己正在面試，獨自沉浸於過去的苦澀回憶中。從前也發生過一樣的事啊——記憶不由自主地重新浮現。當時他是剛自大學畢業的社會新鮮人，參加了某家公司的錄用考試，而面試官也問了一個不可思議的問題。

『你會怎麼殺人？』

沒想到後來會發生那樣的慘事。

他竟然進了「殺人承包公司」這家血汗中的血汗企業，因為連續失手而被降職，後來還被追殺，遭誣陷成殺人犯。回顧過去波瀾萬丈的人生，他不禁熱淚盈眶。真虧我能活到現在啊——他好想讚揚自己。

他再也不要過那樣的日子。下次要慎選公司，找個平凡至極、體質健全、腳踏實地又正正當當的公司工作。

齊藤如此暗自立誓，而他也沒忘記對人力網站上的徵才企業進行調查。真的是值得信賴的公司嗎？和反社會勢力有無牽連？在周密的調查過後，他才按下了應徵鍵。

其中一家公司「川端電話服務」通知齊藤參加中途錄用面試，地點位在福岡市內的某間出租會議室，面試官是一個叫做後藤的男人，年紀大約三十出頭，徵才網站上也有他的照片。雖然他看起來是一副正經上班族的模樣，齊藤還是忍不住偷偷觀察他的衣襟和衣袖縫隙間有沒有露出刺青。

「請從最右邊的人開始回答。」

「是。」

在戴著眼鏡的面試官催促之下，被點名的男人回答：

「我希望她們兩位都有位子坐，因為孕婦和老婆婆都不方便久站。我會先起身，讓其中一位坐下，接著再詢問四周的人願不願意讓座。」

齊藤暗想，真是模範解答。看得出這個人的面試經驗很豐富。

「謝謝。」面試官一面做筆記一面說道：「好，接下來請下一位作答。」

川端電話服務成立於五年前，在福岡的電話行銷業界裡雖然是家新興公司，但是服務內容從金融、生命線、資訊通訊的技術支援到通訊交易的接單、促銷等等，相當多元，合作夥伴多是知名企業，風評極佳，離職員工也證實了這些事。這家公司應該沒問題──齊藤那顆變得神經兮兮的心也如此保證。

「──換下一位。齊藤先生，請回答。」

想著想著，終於輪到自己了。

這個問題的意圖是什麼？齊藤煩惱了一瞬間，隨即又覺得思之無益。聽說電話行銷中心常會接到惡質的客訴電話，因此，這個問題要求的應該不是什麼意味深長的答案吧。面對無法預測的事態時，能否巧妙地回應，用堅定的態度明確地答覆──面試官一定是在試探應試者有無這類即興發揮的素質。

「我會讓座給孕婦。」

齊藤抬起胸膛，斷然答道。

面試官繼續追問：「為什麼？」

「老婆婆只有一個人，但孕婦肚子裡還有小嬰兒，讓座給孕婦，就有兩個人可以坐下來。既然座位有限，當然是盡可能讓給更多人坐比較好，不是嗎？兩個人坐總比一個人坐好，所以我選擇讓座給孕婦。」

聽了齊藤的回答，面試官並未做出任何反應，只是用若無其事的口吻說聲「謝謝」。

齊藤不知道自己的答案究竟是正確無誤或是錯得離譜，不過，他不會為此耿耿於懷。他已經盡力了，如果沒被錄取，再找其他工作就行。對於人生一度跌到谷底的他而言，在面試中落榜根本算不了什麼。能夠這樣想，就是他這一年來的收穫。

一個禮拜後，齊藤家的信箱裡多出一封信。

是川端電話服務的錄取通知。

見了隨信附上的員工證，齊藤高興得又蹦又跳。

一局上

「——『大和』是你的本名嗎？」

林憲明突然感到好奇，如此問道。他在棒球場三壘邊的休息區前做伸展操時，正好看到印在制服背面的「YAMATO」字樣，所以才問了這個問題。

「啊，我也一直很好奇。」

齊藤一面換上緊身衣一面加入話題。他是球隊的王牌投手，但現在是無業遊民，今天似乎是在結束面試以後立刻趕來的，身上還穿著西裝。

「我也想知道。」捕手重松也點了點頭。「是本名嗎？」

「不，不是，是我的花名。」

大和搖了搖頭答道。

「為什麼要取『大和』這個名字？」

有什麼由來嗎？林興味盎然地問道，但大和露出明顯的嫌惡之色。

「沒什麼，隨便亂取的，是從前參加過的社團名字。這根本不重要吧。」

說完，球隊第二棒打者立刻結束了閒聊，開始練習揮棒。

十月，殘暑總算結束，福岡的天氣變得宜人許多，不但陽光溫度適中，還有清風不時吹來，正是適合打棒球的季節。

以福岡市為活動據點的業餘棒球隊「博多豚骨拉麵團」，今天為了練習比賽來到久留米市的棒球場，一壘邊休息區裡的即是比賽對手，本地的球隊。

打完招呼以後，比賽立刻開始了。一局上，豚骨拉麵團進攻。第一棒打者榎田被四壞球保送上壘，隨即盜壘成功。第二棒大和也打出安打，無人出局，一、三壘有人。

平時擔任第三棒的是球隊隊長馬場善治，但他現在正在住院，所以改由平時擔任第五棒打者的次郎代打。投給次郎的第一球是變化球，一壘上的大和立刻起跑，攻陷了二壘。由於盜壘接連成功，形成無人出局，二、三壘有人的大好得分機會。

在休息區觀戰的教練剛田源造拍了拍手。

「不愧是我們的一、二棒搭檔。」

教練如此讚賞。

「喂喂喂，才第一局就全力衝刺？」主砲馬丁內斯面露苦笑。「輪到我打擊的時候可別沒力跑啊。」

「這就不能保證了，因為他們兩個是Green Light。」

「……Green Light？」

林歪頭納悶。這是什麼意思？他是棒球初學者，沒聽過的棒球用語還很多。

「跟字面一樣，就是開綠燈的意思。」

「開綠燈？」

佐伯替越發一頭霧水的林說明：

「我們盜壘時必須遵從教練的暗號，可是開綠燈的選手可以自行判斷要不要盜壘。」

「哎，教練也很少打暗號要我們盜壘就是了。」重松笑道。

豚骨拉麵團隊員中開綠燈的，似乎只有榎田與大和兩人。換句話說，這代表教練源造十分信任他們的腳程。這兩人的確跑得很快。林對自己的腳程並不是沒有自信，卻也認為應該比不過他們。

「他們兩個每年都在比賽球季中誰的盜壘次數比較多，輸的人要接受懲罰，請對方去高檔餐廳吃燒肉。」

「哦？」林高聲應道。他不知道那兩人之間有這樣的約定。「沒想到他們那麼要好。」

「哎，就像是競爭對手唄，畢竟他們年紀也一樣。」

次郎連打了四顆界外球，最後打出左外野方向的緩慢飛球。三壘上的榎田在野手接住球之後跑回本壘，悠然地安全上壘。豚骨拉麵團靠著次郎的高飛犧牲打先馳得點，在休息區旁投接球的齊藤和重松也都拍手叫好。

一出局，二壘有人。接下來輪到馬丁內斯打擊，投手暴投，二壘上的大和前進至三壘。馬丁內斯將第三球的直球硬拉回來，打成左外野邊線的安打。

這是第二分。利用腳程進攻，有效取分。

就在大和回到休息區，與隊友擊掌時——

「今年的盜壘王八成還是我吧。」

榎田喃喃說道。

「嘿！」大和嗤之以鼻。「我倒要看你這句話還能說多久。」

兩人的語氣雖然平和，交纏的視線卻迸出劇烈的火花。

這個球季截至目前為止的盜壘紀錄是榎田三十二次，大和二十九次，隊上的第一棒暫時領先。榎田擺出惹人厭的表情嘲諷競爭對手：「好想快點去吃那家店的特級夏多布里昂牛排喔。當然，是你請客。」大和則是皺起眉頭，怒罵：「要不要我把你也放上網子一起烤？臭香菇。」

林聳了聳肩暗想，他實在無法想像這兩人一起開開心心地吃肉的模樣。

一局下

位於中央區春吉的組事務所。少頭目個人辦公室的桌上放著好幾捆鈔票，是各處上繳的貢金。乃萬組少頭目岸原一面點鈔，一面嘆了一大口氣。

「這個月只有這麼一點錢？太慘澹了吧。」

交給底下打理的色情行業，營收日漸衰退，據說是被其他違法業者搶走了客人。要是不甘心，你們也可以如法炮製啊——岸原的感受就像是被如此挑釁一般。說歸說，在這個黑道受到法律嚴格限制的年代，他們不能輕易落下讓警察取締的把柄，只能眼睜睜看著客人被搶走。

乃萬組是福岡市內的指定暴力團系組織，本來是以走私毒品為主要資金來源。然而，和某個中國黑道組織發生大規模火拼之後，相關單位盯得越來越緊，他們只能乖乖收手。

在這個關頭，為了確保組織財源而傷透腦筋的岸原找到了一條新的財路。

就是金塊。

這幾年的金價有上漲的趨勢，現在正是進場的好時機。福岡做為亞洲門戶，金塊的地下交易十分盛行，雖然利潤不如毒品那麼高，卻有個好處，就是走私金塊的刑罰比較輕，因此較容易募得人才。

「韓國那邊的情況如何？」

聽岸原詢問，親信部下回答：「聽說很順利。」

計畫是這樣的——

首先，將組員送進韓國，招攬幾個當地人，成立走私組織。接著，派人前往免稅的香港，大量蒐購便宜的金塊後再次回到韓國，從釜山搭乘高速船前往博多港，並收買海關職員，走私進福岡。之後，向抵達福岡的託運業者收取金塊，加上消費稅賣到銀樓，賺取稅差利潤。走私價值三億圓的金塊，至少可以賺到三千萬圓。

「當地傳來報告，已經蒐購了一百公斤左右。」

親信說道。

「看來沒問題。」岸原在菸灰缸裡捻熄香菸，點了點頭。「交代他們千萬別出錯。」

「遵命。」

就在這時候，放在西裝胸袋裡的手機震動了。岸原按下通話鍵，將手機放到耳邊：

「我是岸原。」

『岸原老大。』

是小弟的聲音。

「什麼事？」

『抓到那個男人了。』

那個男人——聽到這句話，岸原的臉色頓時沉下來。

「是嗎？我立刻過去，別殺了他。」

『是。』

他原本要掛掉電話，又加一句：「不過可以好好修理他，別弄死就好。」

『了解。』

這回岸原才掛斷電話，並低聲下令：

「把車子開過來。」

岸原還有另一個頭痛的問題。

他坐進暗色車窗的賓士車後座，離開事務所，前往乃萬組名下的大樓。位於四樓的出租練團室之一，正是組織使用的拷問房。

走進裡頭，只見身穿黑衣的部下們圍著一個年輕男人。留著狼尾頭的褐髮男子肚子剛被踹了一腳，蹲在地上。部下們似乎謹遵岸原的命令狠狠修理了他一頓，他的臉整個腫起來，鼻子和嘴巴都鮮血淋漓。

「喲，小兄弟，一張俊俏的臉蛋全毀啦。」

岸原蹲下來，抓起男人的頭髮。

「你竟然敢玩弄我的女兒？」

岸原有個女兒，名叫愛梨，是二十一歲的大學生。在百般寵溺的愛女的感情問題之前，就連組織的資金問題都相形遜色。岸原恨不得一槍斃了眼前這個吊兒郎當的男人。不，光是殺了他還不夠。

「不、不是，是誤會！」

男人慌張失措。

酒紅色的亮面襯衫加上黑色長褲，金項鍊在敞開的胸口前閃閃發光。這個男人——聽說名字叫做怜音，是不是本名有待商榷——似乎是女兒的男友，至少女兒是這麼認為的。不過他好像是牛郎，到處拈花惹草。這是岸原叫旗下的徵信社調查得來的結果，絕對錯不了。這個男人明明是個無可救藥的人渣，女兒卻對他迷戀不已，令岸原氣憤難當。

「你騙了我女兒多少錢？啊？」

「對不起，我不知道她是您的女兒。」

「一知道就立刻落跑？好卑鄙的傢伙。」

伶音拐走了女兒不少錢，一得知她是乃萬組少頭目的女兒，立刻銷聲匿跡。女兒哭著哀求：「爹地，幫我找伶音。」因此岸原才出動組織裡的所有小弟搜索。

伶音躲在博多區內的網咖裡，被岸原派出的小弟之一找到，帶到了這裡。

「請不要殺我！要我做什麼都行！」

伶音一把鼻涕、一把眼淚地叫道，跪地叩頭。唉！女兒啊，妳到底是看上這種窩囊廢的哪一點？岸原幾乎快抱住腦袋了。

「我不會殺你的，至少現在還不會。」

岸原踩著可恨男人的腦袋，如此回答。

雖然岸原巴不得殺了他，但若是這麼做，深愛這個男人的女兒搞不好會和自己斷絕關係。

雖然不殺他，但是教訓一頓應該無妨。岸原揪住男人的胸口，硬生生地拉他起身，並給了他的臉頰一記強烈的右鉤拳，像是要發洩心中的鬱悶與憤怒。伶音發出含糊的哀號，當場癱軟下去。不過，岸原的怨氣一點也沒消。

「你對我女兒做了什麼事，我會讓你全部乖乖招出來。」

說著，岸原拿出手機。「饒了我吧！」他把男人的懇求當成耳邊風，若無其事地撥打電話。

「是我，岸原。又有工作要拜託你。」

通話對象是他認識的拷問師。

「——請饒我一命，拜託，別殺我。」

深夜兩點過後，男人可憐兮兮的慘叫聲響徹福岡市內的山裡。

男人已經挖了一個半小時的泥土地。他是個身穿西裝的年輕男子，由於被逼著走了很長一段山路，嶄新的皮鞋沾滿紅土。他脖子上掛著員工證，印有「江口順平」字樣與大頭照的證件隨著他的動作左右搖晃。

在這段期間裡，薩利姆動也不動，只是舉著手槍對準男人的背部。

江口一面動鏟子，一面說道：

「求求您，我真的不會說出去。」

江口的哀求聲混在挖土聲中傳來。

「真的，請相信我。」

如果這個男人擁有些許勇氣和武力，或許會舉起鏟子反擊，然而，他是個手無縛雞之力的上班族，被一個虎背熊腰的孟加拉人拿槍指著，只能乖乖遵從指令挖洞。

「我保證，絕對不會去報警！那家公司的事我會忘得一乾二淨！」

江口高聲說道。

「所以求求您，放我一條生路！」

面對討饒的江口，薩利姆始終保持沉默。他重新舉起槍來施壓，示意男人閉上嘴巴，繼續挖洞。

只見江口又連珠炮似地說道：

「您是殺手吧？收了多少錢？我有存款，只要您放過我，我就付您三倍的酬勞，好不好？這個提議應該不壞吧？欸——」

「包歉，窩不懂日語。」

薩利姆一口否決，男人露出絕望的表情，不再說話，專心挖土。

長兩公尺、寬一公尺、深兩公尺左右的洞挖好以後，男人便將鏟子扔到地上。

「挖、挖好了……接下來要做什麼？」

渾身是土的男人從洞裡爬上來的瞬間，薩利姆扣下手槍的扳機。用消音器降低音量的槍聲竄過寂靜的森林。心臟正中央被射穿的男人就這麼往後倒下，掉進自己挖的洞裡。

薩利姆收起手槍，拿起鏟子，挖土覆蓋男人的屍體。

其實薩利姆也有點同情對方。他回憶江口順平的情報：這個男人很缺錢，嗜賭成性的父親欠下一屁股債以後消失無蹤，江口是為了幫助成為連帶保證人的母親，才到現在的公司上班。

然而，江口太過善良，無法在這家公司工作。

將洞填滿並用腳踩平之後，薩利姆雙手合十，接著拿出預付型手機，向雇主報告。

「——啊，喂？是我，薩利姆。我現在人在油山……對，已經完成了。」

來到福岡轉眼間已過十年，薩利姆的日文也變得相當流利了。

二局上

林一來到醫院，便直接走過櫃檯、搭上電梯。他在四樓下電梯，走在單人病房林立的通道上，目的地是位於盡頭的病房。他對於這個地方已經是熟門熟路。

經過前一個病房時，房門正好打開，一個約莫大學生年紀的年輕女子走出來。她的視線一與林交會，便輕輕地點頭示意，接著才離開病房。

單人病房門上的名牌寫著「五十嵐壯真　先生」。林無意偷看，卻從即將闔起的門縫間看見房裡的情況。躺在床上的男性病患，身上接著醫療器材，一旁的心電圖螢幕持續發出規律聲音。怵目驚心的光景映入眼簾，令先前發生的事件重新浮現於林的腦海中。救護車上渾身是血的男人，隨時可能停止的機械聲──林吁了口氣，暗想當時真是捏了把冷汗。

居然想起這種不愉快的回憶，林輕輕地搖了搖頭，將記憶趕出腦海，走向目的地。

「馬場，我進去囉。」

門上寫著「馬場善治　先生」，林敲了敲病房門之後才打開，看見男人正坐在房間中央的病床上喝水，不禁「啊」了一聲。

「你又在練習揮棒！」

馬場上半身的病人服是脫下的。

林粗聲質問，全身纏著繃帶的男人若無其事地回答：「沒有呀。」

「少騙人！不然你為什麼滿身大汗？」

「呀，這個？我剛從復健室回來。」

鐵定是謊言。

這個混蛋——林咂了下舌頭，掀開病床上的棉被，裡頭出現金屬製球棒。這回換成馬場「呀」了一聲。

「這個我就沒收了。」

林拿走馬場愛用的球棒，馬場見狀臉色大變，直嚷：

「不要！不要不要！不要～」

「囉唆！閉嘴！」

林斥責活像三歲小孩一樣耍賴的馬場。

馬場充耳不聞，在床上躺了下來。

「唉！好想快點出院。」

他嘟起嘴巴說道。

「那就安分一點，不然你永遠出不了院。」

林聳了聳肩。

這個男人總是無視醫生要他靜養的忠告，偷偷練習揮棒或肌肉訓練，似乎是不希望手腳變得遲鈍。林能夠理解他想早點回歸實戰的心情，但休養也很重要。

「總之，你不要大呼小叫的，這間醫院的牆壁很薄。」

林皺起眉頭忠告。他想起剛才偷瞄了一眼的隔壁病房，那個人一看就知道是重症患者，但願沒有吵到對方。

「像你這麼生龍活虎的人居然住這麼氣派的單人房。」林環顧房間，嗤之以鼻：「有夠奢侈。」

「因為只有單人房有空位呀，沒辦法。」

單人病房十分寬敞，有洗手間也有浴室。林的視線轉向床邊桌，停駐在白色塑膠袋上。

「喂，那是什麼？」

袋子裡是大量橘子。

「隔壁五十嵐家的人送我的。」

哦，那個女人啊。從鄰房走出來的年輕女子閃過腦海。

「說是親戚送了很多，要我盡量吃。她常常分一些水果和點心給我。」

看來馬場在醫院裡已經和鄰居打好關係。這小子是不是很享受住院生活啊？話說回來，身為殺手，居然隨便吃陌生人送的東西也是個問題。

那個女人顯然是普通人，或許不必過於警戒，但就算如此，未免太過親切了。莫非分享食物只是藉口，其實是想縮短和馬場之間的距離？林忍不住往這方面揣測。

「那個女人該不會是對你有意思吧？」

林調侃道，馬場笑著擺了擺手。

「不，不可能、不可能，人家已經有老公了。」

「……有老公了？」林歪頭納悶。「還那麼年輕耶。」

看起來像是大學生。是年紀輕輕就結婚？還是生了張宛若大學生的娃娃臉？

見林一臉疑惑，馬場立即意會過來。

「呀，你以為是真澄？她是五十嵐太太的女兒，常來探望哥哥。她是個乖孩子，每次遇見都會跟我打招呼。」

分送食物的是媽媽——聽了馬場的說明，林總算明白。

「先別說這些了。」

馬場突然改變話題。

他探出身子，喜孜孜地問道：「昨天在久留米的練習比賽打得怎麼樣？沒有我，陷入苦戰了唄？」

「贏得輕輕鬆鬆，十比二。」

「……」

林無視無言以對的馬場，回顧昨晚的比賽。勝因說來說去，還是得歸功於一、二棒搭檔。榎田及大和競相進壘，飛毛腿攻勢發揮了效果，才能夠接連得分。這場比賽讓林明白盜壘的成功率對於勝利的影響有多大。

「欸，你也有開綠燈嗎？」

林突然感到好奇，如此問道。

「沒有。」

馬場搖了搖頭。

林相當意外。這個男人的腳程同樣很快，比賽中也曾經盜壘成功，卻沒有獲得自由跑壘的許可嗎？榎田、大和與馬場，他們之間的差異究竟是什麼？

林提出了這個單純的疑問，馬場回答：

「盜壘不只是腳程要快，還需要技術。」

投手的習慣，是快速投球或牽制，捕手的傳球速度——必須觀察並分析各種要素，在最佳時機起跑。盜壘表面上看來只是朝著二壘奔跑，其實背後暗藏了許多算計。

「榎田老弟跟大和老弟的工作就是盜壘，我怎麼比得過專業的？」

馬場笑道。

臨走前，馬場交代：「下次帶明太子過來。」林隨口敷衍：「看心情吧。」離開了病房。

下了一樓、走出醫院大廳時，一個髮色花俏的男人映入林的眼簾。

「啊！」

那是張熟面孔。

是大和。

大和雙手插在褲袋裡，正朝著這個方向走來。

這就是所謂的說曹操，曹操就到——林如此暗想，停下腳步，而大和似乎也察覺到林，一瞬間驚訝地瞪大眼睛。

「嗨。」林舉起手來。「你也來探望馬場？」

大和點了點頭，肯定林的詢問。

「嗯，是啊。」

大和雙手空空，似乎並未準備探病用的伴手禮。

林對著通過醫院自動門的背影說道：「那小子的病房在四樓。」而大和只是默默舉起右手。

每次來到這裡，大和總是心情沉重。

位於福岡市內的綜合醫院，這是棟年代久遠的建築物，老舊的外觀一如當年，一點也沒變。來到七年來定期造訪的醫院，大和突然停下腳步。

「你也來探望馬場？」

大和沒料到會遇上熟人，大吃一驚。看到林，他才想起那個人也是在這間醫院住院。他居然忘得一乾二淨。

「嗯，是啊。」

大和順著林的說法回答。他沒必要說實話，也不能讓人知道實情。

與林道別以後，大和走進醫院，搭電梯來到四樓，駕輕就熟地在通道上前進。每次看到單人病房門上的「五十嵐壯真」，他的胸口便整個揪痛起來。

——希望沒人在。

大和一面祈禱，一面用耳朵貼著門板。沒聽見說話聲。確認房裡沒有人之後，大和悄悄地打開門，踏入病房。

如他所想，房裡只有病人。躺在床上的好友今天依然臉色蒼白、雙目緊閉。凝視著這張臉，一股言語難以形容的感情湧上心頭。

「……你到底要睡到什麼時候？」

他忍不住自言自語。

我在生什麼氣？大和自嘲。自己根本沒有責備的資格。

已經七年了，五十嵐壯真整整昏睡七年。大和焦慮不已，氣惱遲遲未清醒的好友、憎恨過去愚蠢的自己，混濁的感情在心底深處打轉。

彷彿只有這個房間裡的時間靜止了一般。

「欸，壯真……當時我該怎麼做才對？」

來到這裡，總讓他不由自主地想起過去，想起那場年少輕狂招致的悲劇。

當時他們還年輕——這只是愚昧的藉口。

大和嘆一口氣，從西裝胸袋中拿出一個厚厚的牛皮信封。那是上個月靠牛郎工作賺來的薪水。

「下個月我還會再來——」

在大和將牛皮信封放到病患枕邊的那一刻，房門開了。他暗叫不妙，但為時已晚，一個年約五十、脂粉未施的女人走進病房。

是五十嵐壯真的母親。

母親一察覺大和，便驚訝地睜大眼睛。被發現了，冷汗沿著大和的背部滑落。

這大概是自那場意外以來頭一次見面吧，和七年前相比，壯真的母親變得白髮斑斑，身形也消瘦許多。就在大和為女人蒼老的模樣困惑之際，對方開口喚道：「前田。」

前田——有多久沒被叫這個名字了？

「……原來是你。」

一看見牛皮信封，她就變了臉色。

「不，這是，呃……」

大和試圖辯解，卻說不出話來。

「請不要再來這裡了。」

壯真的母親用嚴厲的口吻斷然說道。

毫無轉圜餘地的話語讓大和啞口無言。

「別再和我們家有任何牽扯。」

她的聲音之中帶有責備之色。

這是當然，因為自己確實做了該受責備的事。他明白這一點，也早已做好被拒絕的心理準備，然而一旦面臨事實，還是難以承受。

該說的話堆積如山，大和早就下定決心，一見到她就要為那天的事鄭重賠罪，但現在卻啞然無語，半個字也吐不出來。對她的歉意和對好友的罪惡感快壓垮了大和，他只能夾著尾巴逃走。

「失陪了。」

大和垂下頭來，走出病房，反手關上門，嘆了口氣。

就在這時候……

「嗨。」

從鄰房走出來的男人突然向他打招呼。仔細一看，白金色蘑菇頭正在向他招手。

看到這個再眼熟不過的男人，大和皺起眉頭。

「呃！」

「……你這麼有精神，真是再好不過了。」

前來探病的榎田看馬場一面觀賞球賽轉播一面揮棒的模樣，不禁面露苦笑。

聽說他住進收容重症病患的樓層，榎田本來很擔心他的傷勢，後來才知道是只剩這裡有空床位。真是個從頭到尾都害人窮緊張的男人。

「你不乖乖靜養，會挨林老弟的罵喔。」

榎田忠告，馬場卻一笑置之。

「哦，不要緊，我已經挨過罵了。」

到底哪裡不要緊？榎田歪頭納悶，不是這個問題吧。

馬場無視啼笑皆非的榎田說：

「榎田老弟，聽說昨天的練習比賽中你很活躍呀。剛才小林跟我說的。」

他放下球棒，一面用毛巾擦汗一面說道。

聞言，榎田點頭附和。回顧昨天的比賽，最終十比二，豚骨拉麵團大獲全勝。

「球季已經到了尾聲，當然得卯足了勁。」

「現在是誰領先？」

「我。」

昨天的比賽中，榎田盜壘成功兩次，而大和只有一次。現在的紀錄是榎田三十四次，大和三十次，兩人的差距擴大為四次。

「繼續保持下去，隊上的盜壘王就是我了。」

之後就有高級燒肉等著他。

「我也想快點打棒球。」

「那就乖乖休養啊。」

「真是的，說話跟小林一個樣。」

「換作任何人都會這樣講。」

「呀，你要吃橘子麼？隔壁給我的。」

不過，今天不是為了閒聊而來的。

「話說回來……」榎田進入正題。「今天特地叫我過來，有什麼事？」

聽榎田詢問，馬場神色一緊，聲音也變得嚴肅起來。

「我想請你幫我調查這個。」

馬場遞出一張紙條。

榎田接過紙條一看，似乎是某種名單，上頭用片假名寫著好幾個人的名字。

馬場委託他調查是常有的事，不過，一句格外闊氣的「要多少酬勞都沒問題」，讓榎田感受到不同於一般委託的嚴重性。

「這是什麼？」

「別所的暗殺名單。」

別所——別所暎太郎嗎？那個原屬殺人承包公司的殺手。

榎田一瞬間瞪大眼睛，想起之前那起導致馬場入院的事件。別所正是殺了馬場父親的凶手。

「榎田老弟，你也知道那起強盜案另有內幕唄？」

「嗯。」

十三年前，馬場的父親遇害，馬場也身負重傷。凶手別所被捕，案子被當成單純的強盜殺人案處理。然而，別所過去曾在殺人承包公司工作，使得這件事頓時充滿疑點。

「別所臨死前告訴我，他辭掉工作以後，被某個男人僱用了。」

「他就是受那個男人的委託……」榎田瞥了紙條一眼。「殺了這些人？」

「對，我爸爸也是目標之一。」

馬場將別所口頭告知的名字抄在這張紙條上，所以名字全是用片假名寫成的。

紙條的最後寫的是「馬場一善」，正是馬場的父親。

看著這些潦草的文字，榎田意會過來了。

「換句話說，你認為只要調查所有被別所暗殺的人的身家背景，或許就能找到幕後主使者的相關線索？」

馬場決心追查這個案子的幕後主使者，為此，他已經做好連父親的情報都一併挖出來的覺悟。

「沒錯，不愧是榎田老弟，一點就通。」

馬場瞇起眼睛。

「期限呢？」

「隨時都行，趁著工作空檔替我調查就好。不過……」馬場壓低聲音，追加這麼一句話：「搞不好會惹上麻煩，所以務必小心。」

「了解。」

事情辦完了，多留無益。榎田將紙條收進口袋裡，離開病房。

來到走廊上的瞬間，某處傳來長嘆聲。

榎田轉過視線一看，只見隔壁病房前站著一個年輕男子。他認得這個愁容滿面的男人。「嗨。」榎田打了聲招呼，對方頓時露出露骨的厭惡之色。

「——呃！」

最不想被人看到的一幕被看見了。

而且是被最難纏的傢伙看見。

糟透了。

今天是走楣運嗎？大和皺起眉頭。在醫院入口遇上林，在病房裡被壯真的母親逮個正著，回去前又被榎田糾纏。他只是想悄悄探望好友而已，不願被任何人看見。

榎田應該也是來探望馬場的吧，只是沒想到馬場的病房正好就在壯真的隔壁。

大和立刻轉過身背對榎田，朝著電梯快步前進。

「等等，別不理我嘛。」

榎田追了上來。

「欸，大和老弟。」

大和立刻撇開臉說：

「您認錯人了，我不是大和。」

「咦？你以為這樣蒙混得過去嗎？」

「我趕時間，失陪了。」

即使加大步伐、加快腳步，榎田依然窮追不捨，一下子就縮短距離。可惡，腳程有夠快。畢竟這小子的腳程有多快，自己最清楚不過。

大和暗自咂了下舌頭，拔腿就跑。他全力跑過走廊、搭上電梯，按下「一樓」和「關閉」鍵。

「我也要搭～」榎田伸出手來，插進緩緩關閉的門縫間。見狀，大和用猛烈的速度連按「關閉」鍵。關關關關關關關關，快點關上，乾脆把這傢伙夾扁算了。

不過，他的抵抗只是徒勞無功，榎田悠然滑進電梯裡。

左右的門板闔上，兩人獨處於緩緩下降的密室中。覺得尷尬的似乎只有大和一人，身旁的香菇頭賊笑著問道：

「你來探望誰啊？」

「……探望誰都沒差吧。」

大和沒好氣地回答。

每個人都有不願提起的往事或不願被挖掘的舊事，所以別問——遺憾的是，這個男人不具備這種佛心。

「你不想跟我說也沒關係，我自己查。」

榎田這麼說，大和大聲咂了一下舌頭。

這可不成。要是讓這傢伙查下去，連無關的事都會被挖出來。現在隨便回答讓他失去興趣，才是上策。只要知道沒有樂子可找，這個男人應該就不會追查。

「從前的朋友。」

大和回答。

他沒有說謊，五十嵐壯真確實是他的好友。

「他出了車禍受重傷，陷入昏迷。就是俗稱的植物人。」

這也是事實。

「已經是七年前的事了，他騎腳踏車的時候被酒駕的車子撞到。」

只有最後一句是謊言，壯真陷入昏迷的原因並不是被車子撞到。

聞言……

「哦，這樣啊，好可憐。」

榎田用完全不覺得可憐的語氣說道。他的臉上寫著「搞什麼，真沒意思」。正如大和的盤算，他似乎失去了興趣。

說著說著，電梯抵達一樓。大和率先走向出口，以免榎田繼續追問。

走出醫院之際，榎田舉起一隻手說：

「拜拜，我先走了。」

榎田似乎要和委託人見面。

「嗯，再見。」

自己也還有副業要做。

與榎田道別後，大和鬆一口氣，看來是應付過去了。

大和看了手錶一眼。剛過六點，距離上班時間還有好一陣子。大和心想先吃碗拉麵吧，朝著中洲邁進。

二局下

意識混濁。

身體動彈不得，是因為疲勞？劇烈的疼痛？還是尚未消退的自白劑？持續受到拷問的肉體達到極限，早已超越了能用自我意志控制的範圍。

「──關於那件事，因為我們收買的海關職員的班表問題，要到明天以後才能進福岡。」

一道聲音傳來。

似乎是男人在說話。這個聲音應該是乃萬組的人吧，好像是少頭目的親信……海關職員？他在說什麼？

「是嗎？」

回答的是少頭目岸原。

自己到底怎麼了？怜音微微睜開眼睛，試著確認現況。

被帶到這間練團室之後，大約過了半天，但是狀況似乎沒什麼改變。房裡有幾個看似乃萬組流氓的黑衣男子和一個光頭黑人。

「進展得如何？」

岸原詢問。

「該說的大致都說了。」

黑人用毛巾擦拭沾血的拳頭，點了點頭。

長時間折磨怜音的就是這個外國男人。聽說他是靠拷問營生，岸原要他逼怜音將知道的事全招出來。

拷問師向岸原報告他從怜音口中逼問出的情報。

「這小子好像是在一家叫做 Adams 的店裡當牛郎，背地裡和半灰勾結。」

半灰——有人說這個名詞的語源來自於「灰色地帶」，也有人說是來自於「愚連隊」，總之指的是「不屬於黑道組織的犯罪集團」。他們做的事和黑道並無不同，但是不屬於任何組織，可以自由結黨。非但如此，由於不能以黑道組織適用的法律取締，警察也難以對付，只能放任他們在社會上橫行。

「半灰？」

岸原沉下臉。

黑道和半灰的關係基本上可分為兩種模式，一種是黑道僱用半灰，讓他們代替綁手綁腳的自己工作；另一種是彼此爭奪地盤、互搶財源，而乃萬組似乎屬於後者。在警方以掃黑法嚴格取締之下，黑道組織日益衰退，檯面下的半灰勢力卻逐漸增長。和岸原一樣對半灰反感的黑道不在少數。

「和這小子廝混的半灰好像也幹了不少壞事。詐騙、違法色情行業，樣樣都來。你的女兒就是被其中一種事業給坑了。」

聽了拷問師這番話，怜音皺起眉頭。自己說了這麼多嗎？糟了。

拷問師並未理會臉色發白的怜音，繼續報告：

「帶頭的半灰叫高山，是一家叫做『鳳凰集團』的公司代表，做了不少事業，還在福岡市內經營好幾家高級酒吧。這是酒吧的清單。」

拷問師將一張紙條遞給岸原。

「他們的手法是這樣的：首先，花錢僱用年輕男人，比如混不下去的牛郎或閒著沒事幹的學生，叫他們去跟女人搭訕；混熟以後，就帶去鳳凰集團經營的酒吧，用烈酒灌醉女人，事後請款的時候再敲個幾十萬的竹槓，有時候更狠，是幾百萬。」

在場的流氓都一臉嚴肅地傾聽怜音因為熬不過痛苦而洩漏的情報。

「哎，到這裡為止都只是一般剝皮酒吧的手法，但他們真正的目的是接下來的部分。」

拷問師繼續說道。

「當然，女人會拒絕支付根本沒喝過的酒錢，這時候他們就威脅要報警或是通知家長，讓女人恐懼和不安。幾十、幾百萬並不是年輕女人可以立刻掏出來的金額，女人煩惱要怎麼籌錢的時候，他們就提議：『我可以介紹一份好工作給妳，一天能賺五萬圓。』」

岸原開口說道：「……色情行業？」

「沒錯。」拷問師點頭。「他們會安排原先在高級酒吧工作又欠了一屁股債的女人去違法色情店上班。不過，色情店其實也是半灰經營的，這樣他們就能靠著微薄的獎金使喚女人替自己工作。負責搭訕的男人每騙到一個女人就能拿到十萬圓介紹費，算是一份很有賺頭的外快。」

「結果倒楣的是我們的店。」

岸原咬牙切齒地說道。

拷問師說的全是事實。怜音回顧過去發生的事。

鳳凰集團的代表高山是怜音加入本地混混集團時的前輩，後來在中洲久別重逢，高山詢問怜音：「要不要幫我拐女人來店裡，賺點外快？」這是種很好賺的副業，對於當牛郎高不成、低不就的怜音而言，這個提議相當誘人。

怜音一口就答應了。他是牛郎，接觸女人的機會很多，花言巧語拐騙女人對他而言易如反掌。自此以後，每當和牛郎俱樂部的客人出場，或是在店外見面時，他都會帶對方前往鳳凰集團旗下的高級酒吧，把女人灌醉、騙取金錢。

這次他只是做了同樣的事。他在街上向一個名叫岸原愛梨的女大學生搭訕，交換聯絡方式，約了幾次會混熟以後，便按照平時的手法，帶她前往高山經營的酒吧，將她灌醉。收了酒吧給的酬勞後，他便留下爛醉如泥的愛梨，自行離去。怜音以為自己不會再見到她了。

然而，本該因為欠債而下海的愛梨，居然在隔天聯絡他。

『怜音，你在哪裡？我爹地說想跟你談談。』

後來怜音才知道，剝皮酒吧要求支付的四十三萬圓餐飲費，愛梨面不改色地刷卡付清了，而她背後有個可怕的爹地撐腰。

沒想到自己拐騙的居然是流氓的女兒。

怜音自知闖下大禍，暗自焦急。感受到生命危險的他連忙銷聲匿跡，卻造成反效果。聽聞愛女抱怨「聯絡不上男朋友」的父親，認定女兒被壞男人玩弄，便傾整個組織之力尋找怜音。

結果，怜音被找到了，所有壞事也都被揭發了。

「……我的女兒也被這些傢伙敲詐，差點被迫下海？」

岸原厲聲說道，表情猶如凶神惡煞，憤怒之情溢於言表。

他將紙條遞給部下，下令「調查這些店」。幾個黑衣男子點了點頭，離開房間。

「我要殺光和這件事扯上關係的人。」

聽了岸原這句話，怜音心中發出慘叫聲：「噫！」

他原先不知情。要是知道愛梨是流氓的女兒，他絕不會招惹。然而，這種辯解之詞怎麼可能管用？一想到將來，絕望便淹沒他的腦袋。會有什麼下場？被用水泥封屍，扔進博多灣裡嗎？

就在怜音嚇得全身發抖時——

「哦，你醒啦？」

岸原對怜音說道，用沒血沒淚的眼神俯視他。

「對不起！」

怜音高聲說道。現在只能道歉，除此之外別無他法。

「我已經把我知道的全都說出來了……請您饒我一命……」

他的嘴巴受傷，無法好好說話，咬字變得有點大舌頭，嗓子也都啞了。即使如此，他還是拚命哀求：

「對不起、對不起，我不會再接近令嬡了。」

岸原嗤之以鼻。

「我很想立刻殺了你，不過很不巧，我女兒哭著求我別殺你。你能夠活著，全是因為我女兒，你要好好感謝她。」

說著，岸原拿出一個小黑塊。

「你知道這是什麼嗎？ＩＣ晶片，就是為了在寵物走失時可以查出牠在哪裡而植入脖子裡的那種玩意兒。現在我要把這個植入你的身體裡。」

「咦？」

面對意料之外的發展，伶音的腦筋完全跟不上，露出呆愣的表情。

「我要你替我工作，償還你從我女兒身上騙走的那些錢。逃跑也沒用，我會透過這個晶片找到你，把你抓回來。」

岸原面露賊笑，背後的拷問師拿起了手術刀。

「從今天開始，你就是我們組裡的寵物。」

被流氓壓制的伶音不禁哀嘆。

——不該變成這樣的。

他只是想賺錢而已，為什麼會變成這樣？在強烈後悔的瞬間，銀刃貫穿了身體，伶音因為劇痛而發出慘叫。

至少幫我打麻醉藥吧——他如此暗想。

一早經理就交代「今天要把這些文件全部銷毀」。接過多達數百張的紙捆，五十嵐飛雄真內心厭煩不已。這家公司——尤其是這個部門的機密文件銷毀法非常獨特，光是放進碎紙機還不夠，必須關在備品倉庫裡，將紙泡在加了清潔劑的水中，一張張地泡爛。有時候光是銷毀文件就耗上一整天，甚至還得像今天一樣加班。其他的前輩員工早已回家，只有五十嵐飛雄真還待在備品倉庫裡。

雖然麻煩，但自己是新人，處理雜務原本就是分內工作。飛雄真獨自留在公司裡，不斷搓揉水桶裡的文件。

文件內容形形色色，有的是行銷話術指南手冊，有的是顧客名單，每張紙上都有不可外洩的機密資訊。

飛雄真的視線不經意地停駐在其中一張文件上。

那是履歷表。

姓名是江口順平，是前輩員工的履歷表。

江口前輩打從幾天前就沒來上班了，飛雄真正覺得不可思議。履歷表被銷毀，是否代表他已經離職呢？

飛雄真歪頭納悶，走出房間。在尿意的催促下，他中斷手頭的工作，前往廁所。

地下一樓。飛雄真離開備品倉庫，在通道上走了一會兒後，突然聽到說話聲。似乎還有人在加班。他在廁所對面的經理室前停下腳步，豎耳傾聽。

『——這麼做沒問題嗎？』

是後藤經理的聲音。

是在開會嗎？飛雄真暗自尋思。經理他們有時候會在這個房間裡討論事情。

飛雄真不以為意，正要走過房門前時——

『說殺就殺，警察不會找上門來嗎？』

意料之外的駭人話語讓他再次停下腳步。他險些叫出聲來，連忙摀住嘴巴。

『沒辦法，那個男人事到臨頭就畏縮，不趁著他向警察告密之前除掉他，之後就麻煩了。』

回答的聲音很耳熟，是有代表之稱的男人。他鮮少來公司，不過偶爾會看見他造訪經理室。

『這樣又會人手不足。』

『沒問題，下禮拜就有新員工了。』

『那他現在人在哪裡？』

『薩利姆處理掉了。』

代表小聲回答。

『現在埋在油山裡。』

『埋在山裡，未免太草率了吧？』

『哎，那倒是。』

『還是委託專門處理屍體的業者吧。』

飛雄真如坐針氈，連忙轉身離去。

——我居然聽到這種天大的祕密。

心臟撲通亂跳。為了讓自己冷靜下來，飛雄真暫且回到倉庫。明明身在開了空調的室內，他的汗水卻像瀑布般流個不停。

——剛才的對話是真的嗎？

他難以置信。

不過，這下子可就清楚明白了。這個部門牽涉了犯罪。

飛雄真早已隱約察覺這家公司有蹊蹺，比方業務指南手冊的摘要中所寫的內容。他瞥見的話術腳本上寫著「您的信用卡被盜刷了」、「為您介紹一種使用身分證字號的划算節稅法」之類的語句，當時他只覺得活像詐騙，邊笑邊將資料銷毀，沒想到真的是詐騙。

還有其他令人費解之處。分發到這個部門以後，必須參加新人研習，住在公司裡工作。所謂的員工宿舍只是徒有其名的狹窄房間，裡頭放了便宜的雙層床供新進員工使用。員工不許外出，手機一律沒收，也不可以和外界聯絡，活像軍隊一樣。

要離開建築物，唯有從地下一樓搭乘電梯前往一樓這個辦法，而要讓電梯運轉，必須使用磁卡才行。持有磁卡的只有代表、經理，以及研習完畢、可以獨當一面的前輩等少數人而已。

飛雄真努力運轉不聽使喚的腦袋，整理剛才偷聽到的內容。代表他們的對話提到殺人、警察、告密、處理屍體——顯然帶有犯罪氣息。

老實說，飛雄真自己過的也不是什麼值得讚許的人生。從前他是個不折不扣的不良少年，一天到晚進警局。雖然他並不肯定犯罪行為，不過朋友和熟人之中也有靠詐騙維生的人，所以對於程度輕微的罪行，他都是睜一隻眼、閉一隻眼。

不過，殺人可就不同。

上司殺了人。該不會……

飛雄真猛然醒悟。

突然不來公司的前輩、被丟棄的履歷表，還有剛才聽見的可怕對話——一切都連結到某個答案。

——江口前輩該不會被殺掉了吧？被這家公司裡的那些上司殺掉。

對，鐵定是這樣。江口前輩大概是打算檢舉這個部門的詐騙行為，而那些人察覺他企圖報警，便殺人滅口。只有這個可能。

殺人不能視而不見，必須報警處理。不過，若不慎重行事，恐怕會重蹈江口前輩的覆轍。一旦被公司發現必死無疑，最後的下場就是埋在山裡。

「——五十嵐。」

突然有人呼喚自己的名字，飛雄真猛然抬起頭來。

「是、是！」

仔細一看，後藤經理正從備品倉庫的門縫間窺探。

他嚇了一跳，心臟差點停住。

「你做完了嗎？」

「啊，不，還沒。」

「今天可以休息了，明天再繼續。」

「是。」

「辛苦了。」

「是，辛苦了。」

飛雄真低頭致意，冷汗流個不停。

來到走廊上一看，代表和經理已經搭乘電梯離去。獨自被留在公司裡的飛雄真突然靈機一動：要行動就趁現在。為了斷絕新進員工與外界聯絡，手機都被沒收，八成是放在經理室裡。

飛雄真在空無一人的樓層四下張望後，溜進經理室。狹小的個人辦公室裡擺放著辦公桌、電腦和兩組沙發。飛雄真從最上方依序打開抽屜，在第三個抽屜裡找到自己的手機。

找到了，太好了，這樣就能和外界聯絡。飛雄真喜孜孜地打開電源。電量還剩下百分之三十，綽綽有餘。

飛雄真馬上撥打電話，卻一陣愕然。

——沒有訊號。

不能打電話，也不能傳送郵件。為什麼？因為這裡是地下室嗎？這層樓收不到訊號？這樣就不能報警了。

無可奈何之下，飛雄真把手機放回原位。現在只能放棄，另想他法。

飛雄真一面煩惱，一面走出經理室。

三局上

平時這個時段總是邊看棒球轉播邊搖旗吶喊的同居人正在住院，因此馬場偵探事務所內一片寧靜。頻道不再被霸占，可以盡情收看喜愛的連續劇或綜藝節目。

林在感覺起來比平時寬敞了些的房間裡看新聞。新內閣似乎成立了，今天每個電視台都在談論這個話題。我不懂政治，好像挺複雜的——就在林漫不經心地如此暗想時，源造聯絡了他，說是「有工作要委託」。林心想順便去吃碗拉麵吧，離開了事務所。

林來到位於中洲那珂川沿岸的攤車之一，鑽過寫著「小源」的紅色布簾，源造帶著笑容迎接了他。

「哦，歡迎光臨。」

攤位依然冷清，除了林以外只有一個客人。林的視線停駐在眼熟的男人身上。

「怎麼，你也來啦？」

林對唯一的客人說道。

大和坐在コ字形櫃檯的邊緣。身為扒手兼牛郎的男人一面吃拉麵，一面皺起眉頭說：「今天老是遇到你。」

林也點了同樣的拉麵。短短幾分鐘時間，拉麵便端出來，細長的麵條沉在味道濃郁的豚骨湯頭裡。林拿起衛生筷，對著擺在眼前的碗公合起雙手。

「我要開動了。」

源造垂下眉毛，開口說道：

「不好意思，要你特地跑一趟。」

「沒關係，正好我也想吃飯。」

林開始吃拉麵，並立刻帶入正題。

「這次的目標是？」

源造是殺手仲介，時常介紹工作給身為殺手的林。

「這個男人。」

源造將一張照片放在拉麵旁邊。那張照片活像證件照，是從正面拍攝的。仔細一看，似乎是外國人，從五官判斷，大概是亞洲人吧。

「這傢伙是誰？」

「他的名字叫做薩利姆，孟加拉人，年齡二十八歲，是我以前僱用的殺手。」

根據源造所言，薩利姆原本是個普通的留學生，約在十年前來到福岡學習農業技術，卻為了錢而踏進地下世界，不知不覺間竟墮落到向仲介承接暗殺工作的地步。

「他很認真，工作表現也無可挑剔，是個優秀的殺手，只不過有個問題。」

說到這兒，源造壓低了聲音。

「這個男人好像在私接。」

「……私接？」

林歪頭納悶。他沒聽過這個詞。

「就是不透過店家，直接和客人見面。」

回答的是大和。一直默默吃麵的男人突然插嘴。

「牛郎也常有這種情況。」

「是嗎？」

「我們牛郎是靠抽成賺錢，酒店從營業額裡固定撥出幾%給我們當獎金，所以和客人在店外見面、直接拿錢，賺得比較多……這麼一提，我們店裡也有在私接的牛郎，老闆很生氣。」

「殺手也一樣，想被少抽點成。不知道是哪方提出私接的，真會算呀。」

身為仲介的源造接下某人的暗殺委託以後，介紹了薩利姆給對方，而薩利姆完成委託，拿到扣除手續費之後的酬勞。然而，後來薩利姆便跳過源造，直接和委託人往來。

源造查不出薩利姆現在的雇主是誰，因為當初提出委託的是代理人，他和真正的委託人並未見過面。從對方特地派出代理人這一點判斷，應該是個十分謹慎的委託人。

「他這樣私下接生意，我可傷腦筋了。」

源造皺起眉頭。

「我們當仲介的有義務保護殺手。任何業界都有酬勞糾紛，我們會緊盯著委託人，以免發生不必要的麻煩。當然，不遵守店裡的規矩、不付手續費是不能容許的行為。我可不能讓他繼續背著我交易。他大概不明白，仲介是為啥存在的唄。」

「原來如此。我們能夠沒有後顧之憂地專心殺人，是託你們仲介的福啊。」林抓起照片，揚了一揚。「——所以，你要我殺了這傢伙，殺雞儆猴？」

聞言，源造露出苦笑。

「本來是想這麼做，不過我和這傢伙也算是老交情，這次就放他一馬唄。」

「意思是別殺他？」

「沒錯。」

說來說去，這個男人還是很重情啊——林如此暗想。

懲罰私接的薩利姆，讓委託人支付罰金，就是源造的委託內容。

「了解，我會好好教訓他。」

林回答，將照片收進口袋裡。

此時——

「源伯。」大和出聲說道。他瞥了手錶一眼站起身。「我該去工作了，謝謝招待。」

「要走啦？當牛郎也很忙呀。」

「只是個萬年陪坐的。」大和嗤之以鼻。「窮忙而已。」

「換作我是客人，我也不會點你的檯。」

聽林調侃，大和嘟起嘴巴。「囉唆。」

「努力賺錢唄。」

「是。」

大和低頭致意，付了拉麵錢以後鑽過布簾。隨後，大和趁著擦身而過時扒走外國觀光客的錢包，被林看得一清二楚。大和從錢包裡抽走鈔票，剩下的扔在路邊。

看著他的背影，林諷刺道：「他對工作真是充滿熱忱啊。」

『好久沒聯絡了，千尋少爺。』

舊識突然打來的電話讓榎田沉下臉。他用露骨的不悅語氣喃喃說出對方的名字。

「……是八木啊？」

中洲蓋茲大樓的某家咖啡廳裡，榎田坐在邊緣的桌位上，打開電腦。他一面用單手敲打鍵盤，一面對通話對象說道：

「什麼事？」

『沒事不能打電話嗎？』

即使用催促的口吻詢問，對方依然東閃西躲，這同樣讓榎田感到不悅。在老家工作的佣人那張達觀的臉龐浮現於眼前，榎田不禁皺起眉頭。

「我很忙，待會兒還要跟客戶見面，有事快說。」

『哎呀，好久沒見少爺了，想聽聽少爺的聲音啊。』

「我要掛電話囉。」

『那麼，就說一件事。您看到新聞了嗎？』

用不著問是什麼新聞。

榎田把視線移向電腦畫面。網站首頁上羅列著今天的新聞標題，首先映入眼簾的是「新內閣成立　松田和夫首次入閣」。

松田和夫——政治家，同時是榎田的生父。

「他當上法務大臣了？很好啊，叫他好好努力吧。」

『知道了，我會轉達少爺的衷心祝福之意。』

「你的重聽越來越嚴重啦，是不是該戴助聽器？」

『居然這麼擔心我這個下人的身體，少爺真是太體貼了。』

榎田感到厭煩。這個老頭有夠不正經的。

『對了，少爺。』

八木的語調突然變了，看來他終於要進入正題。

『您有回來的打算嗎？』

榎田嗤之以鼻。

「既然你這麼想要我回去，年底的時候我就回鄉探親一下，跟你一起收看《紅白》好了。」

『不，不是的。』八木的語氣與隨口說笑的榎田正好相反，顯得一本正經。『我的意思是，您要不要回來這邊？』

聽到這番意料之外的話語，榎田「咦？」了一聲，睜大眼睛。

「……什麼意思？」

『老爺就任大臣，或許會發生比以往更加不利於他的事態。為了讓老爺的工作能夠順利進展，我想借助少爺的力量。』

兜了一大圈，榎田總算明白他在打什麼如意算盤。

「……原來如此，你是想挖角我去當法務大臣直屬的白帽駭客？」

『這個提議應該不壞吧？』

「是嗎？」

我會考慮的——榎田如此回答，掛斷電話，因為客戶現身了。

身穿西裝的重松一手拿著咖啡，朝他走來。「抱歉，我遲到了。」重松邊道歉邊在榎田的對面坐下來。

「我有事要請你調查。」

重松在桌上放了幾張照片，照片上的都是年輕男子。

「最近有好幾個二十幾歲的年輕人接連失蹤，但是因為牽涉犯罪的可能性不高，所以沒有進行搜索。」

重松說明原委。

榎田望著三個年輕人的照片問道：「這三個人是什麼時候失蹤的？」

「通報失蹤的時間是在三個月前到上個禮拜之間，依照失蹤順序，從右邊開始分別是宮脇惠一、中津章、江口順平。」

三個人看起來都是一副規規矩矩的模樣，不像是會突然搞失蹤的無根浮萍。

「宮脇惠一失蹤前曾跟朋友說他『找到一份包住宿的工作』；中津彰則是說他『這陣子要住公司參加研習』，離家至今尚未歸來；江口順平也一樣，家人一再試著聯絡他，但是都聯絡不上。說歸說，這三人都很缺錢，也有可能是躲債去了。」

「這樣警方確實不方便出動。」

「嗯。」重松點了點頭，臉色黯淡下來。「不過，我有一種不祥的預感，搞不好這會發展成重大刑案。所以為了安全起見，我想請你調查看看，如果找到線索就通知我。這是失蹤者的詳細資料。」

說著，重松遞出一疊資料，榎田接過回答：「了解。」看來最近有得忙了。

和重松道別以後，榎田自然而然地步向中洲的中心地區。不但工作同時上門，還有事情得考慮。榎田回想起八木的話語，嘆一口氣。老實說，這是他不願正視的問題，現在只想去喝酒，忘了一切。

「——總之，先整理狀況。」

位於中洲的酒吧「Babylon」裡，老闆次郎在包廂座位坐了下來，如此提議。小學生美紗紀在桌上攤開資料。

「我從這幾個月接到的委託裡挑了些值得注意的。」

馬丁內斯大致瀏覽一遍過後，喃喃說道：「……詐騙啊？」

「沒錯，這些人全都被騙了錢。他們委託復仇專家，就是為了把錢從詐騙集團手裡拿回來。」

「被騙金額是多少？」

「一個人大約是二十萬到五十萬之間。」

次郎說道，美紗紀喃喃地補上一句：「是勉強吞得下去的金額。」

「成功一次最高五十萬啊？那得騙到很多人才有賺頭，應該僱了不少人手吧。」

以電話詐騙為例，對方有可能不相信，或是假裝受騙卻去報警。一天打幾百通電話，有一、兩個人上當就算好的了。

「手法很相似，很有可能是同一個犯罪集團做的。」

「介紹您一個使用身分證字號的划算節稅法」、「您的信用卡被盜刷了」等等，開頭的說詞各有不同，但重點都一樣，就是拐騙被害人匯款，並僱用車手將錢提領出來。

這是典型的電話詐騙。

「只要調查戶頭，立刻就能查出犯人是誰了吧？」

馬丁內斯說道，次郎搖了搖頭。

「銀行戶頭好像也是用人頭去開的，無法追溯到幕後主使者身上。」

「原來如此，再怎麼調查，最後都是蜥蜴斷尾。」

該怎麼做，才能找到主謀？三人抱頭苦惱。

「不然用這招如何？」次郎靈機一動，提議：「先假裝被騙說：『我要付錢，可是不知道機器怎麼操作，想要直接付現，不要匯款。』」

「就算這麼做，也只有代理的車手會來吧？」美紗紀歪起頭來。

「沒錯。」次郎點了點頭。「不過，錢會交給幕後主使者吧？我會把發訊器夾在鈔票裡。」

這樣一來，錢就會帶領他們找到幕後主使者。

不過，這個作戰有個漏洞。

「就算這個方法管用，我們要怎麼被騙啊？」

馬丁內斯提出疑問。

「這就是問題啊。」次郎嘆了口氣。

詐騙集團不會剛好打詐騙電話給他們，就算真的接到詐騙電話，也不見得是他們的目標集團打來的。這年頭幹這種事的人多如牛毛。

要找到目標，看來得花上好一番功夫。雖然漫無頭緒，不過那個男人或許有辦法。有困難的時候就找情報販子。

「這種時候只能借助我們隊上的天才第一棒之力了。」次郎眨了眨眼。

就在這時候，店門開了。

現身的是榎田。說曹操，曹操就到。次郎立刻起身，開心地說道：

「哎呀，這不是榎田嗎？」

「嗨。」榎田舉起手來，在吧檯邊緣的位子坐下來。

「可以給我烈酒嗎？」

「哎呀，怎麼啦？發生了什麼事嗎？」

榎田鮮少點烈酒。次郎從吧檯探出身子，榎田聳了聳肩說：「是啊。」

「哎，難免會遇上這樣的日子。慢慢坐，喝個痛快吧。」

每個人都有想喝悶酒的時候，不該妄加過問。

次郎替一口氣喝乾龍舌蘭一口杯的情報販子添酒並說道：

「對了、對了，榎田。老實說，我們正在調查詐騙集團，能不能拜託你幫忙？」

次郎大略說明了事情的原委後，榎田點了點頭。

「可以是可以，不過我現在有點忙，等我有空的時候會調查。」

「謝謝，幫了我大忙。那就麻煩你。」

在次郎將資料遞給榎田的瞬間，店門又開了。

「晚安！」

進來的是齊藤。

「哎呀呀，大家都在啊！」

他的樣子看起來很反常，興奮得教人懷疑他一路上是不是跳著過來的。臉頰也微微泛紅，說不定已經在其他地方喝過一杯。

「哎呀，怎麼啦？開心成這樣。」次郎瞪大眼睛。「發生了什麼事嗎？」

齊藤如此興奮，似乎不只是因為喝了酒。他在吧檯正中央的位子坐下來。

「我找到工作了！」

他高聲宣布。

「哎呀，真的？」

「是啊，今天收到了錄取通知。」

齊藤喜孜孜地說道，次郎也回以滿面笑容。

「恭喜你，太好了。」

次郎拍手祝福。

「嗯，而且薪水還滿高的。嘿嘿嘿～」

見齊藤眉開眼笑、笑得合不攏嘴的模樣，次郎也不禁莞爾。看來他真的很開心。

馬丁內斯和美紗紀也聚集到吧檯來，圍著齊藤七嘴八舌地說道：

「哦，你終於找到工作啦？太好了。」

「八成又是什麼可疑的公司吧？」

「別烏鴉嘴！」齊藤臉色發青，對著美紗紀叫道：「這次是健全的公司！我調查過了！」

說著，他從包包裡拿出某樣東西。

「噹噹～你們看，是員工證！」

齊藤得意洋洋地炫耀附有掛繩的員工證。透明的套子裡裝著印有齊藤姓名、公司名稱與大頭照的名牌。

「對了、對了，我從明天開始要住進公司裡研習，所以暫時不能去練球。」

聽了齊藤的話語，一直安靜喝酒的榎田猛然抬起頭來。

「咦？」

「咦？」

「你剛才說什麼？」

「我說我暫時不能去練球——」

「前面一句。」

「住進公司裡研習……有什麼問題嗎？」

榎田沒有回答這個問題，而是對著齊藤伸出掌心。

「員工證給我看看。」

齊藤將員工證扔給坐在一段距離之外的榎田，控球果然精準。榎田接住了員工證，仔細端詳過後，笑了一聲：「嘿！」

「怎、怎麼了？」

「不，沒什麼。」

「啊，你該不會以為我在撒謊吧？真的，我是真的被錄取了。」

「很好啊，恭喜你。」

榎田發出毫無誠意的加油聲，將員工證扔回去。齊藤抓住員工證，收進包包裡。

「哎，加油吧～」

榎田拍拍齊藤的肩膀後，離開酒吧。

次郎並未挽留榎田。雖然不知道發生什麼事，不過榎田現在的心情應該是想安安靜靜地喝酒。不該打擾他，也不必勉強他湊熱鬧。

「真的恭喜你，齊藤。今晚好好慶祝一下吧，我請客。」

次郎說道，齊藤露出了靦腆的笑容。

「那我就恭敬不如從命，再喝一杯就好。」

三局下

位於中洲郊區的商業大樓，一樓的門上掛著「club.LOCA」招牌。這裡本來是酒廊，於幾個月前倒閉，現在成了鳳凰集團名下的店面，但是沒有營業，而是拿來當成辦公室使用。

眾人一如平時，在最寬敞的包廂座位集合。

「這個禮拜可以賺到多少錢？」

高山用手指弄垮髮膠固定的頭髮，如此詢問。若是他鬆開領帶、解開襯衫的鈕釦，頸部的花俏刺青便會露出來。那是他在二十幾歲的時候刺的。

「粗略估算下來，大概是五百萬吧。」

同樣身穿西裝、戴著眼鏡的一個名叫後藤的男人，邊按計算機邊回答。

「拉客的被抓了三個，影響很大。」

「不能靠老頭子和老太婆賺錢，就靠女人賺吧。」

除了特殊詐騙以外，還有其他搖錢樹。灌醉女人以後要求給付不當餐飲費的剝皮酒吧，以及逼迫未成年人進行全套服務的違法色情店，都經營得很順利。

「對對。」點頭附和的是名叫屋島的男人。他留著近乎平頭的短髮，滿臉橫肉。

「女人可以生錢。」

高山、後藤和屋島三人從前是讀同一所高中的同學，當時在校內就是出了名的不良少年，幾乎不去上課，不知不覺間，三人都被退學。他們在學期間加入以博多區為地盤的飆車族「不死鳥」，成天和其他飆車族火拼或是和警察玩你追我跑的遊戲，逐步拓展地下社會的人脈。脫離飆車族以後，他們成了半灰，像現在這樣靠著輕犯罪削錢。

現在的高山有許多面孔：青年實業家、餐飲店及色情店老闆、企業集團代表。他拉了舊識後藤與屋島入夥，發展各種事業，從處於灰色地帶到完全違法的都有。回想起從前一頭金髮、身穿特攻服的時代，現在自己這副一絲不苟的七三分髮型上班族模樣，可說是相當新鮮。不過，無論外表如何改變，反社會的內在依然一如往昔。

屋島從營業用冰箱裡拿出一瓶香檳，拔掉軟木塞，倒入三個杯子裡說道：

「來乾杯吧。」

就在高山拿起香檳酒杯時，手機突然震動。他暫且放下杯子，確認畫面。是僱用的打工者之一打來的電話。

「是怜音啊？怎麼了？」

這個叫做怜音的男人是高山等人從前的飆車族後輩，現在在一家叫做「Adams」的牛郎俱樂部裡工作，最近沒去店裡上班，而是加入高山等人的生意。

高山一接起電話，便傳來一道帶有焦慮之色的聲音。

『高山大哥，事情不好了。』

高山心知事情不尋常，將電話切換成擴音，讓其他兩人也能聽見。

「發生什麼事？」

『乃萬組的人知道我們做的事了。』

「啊？」率先發出惱怒聲的是屋島。這個男人從以前就容易衝動。「喂，這是怎麼回事？啊？」

『那個叫愛梨的女人，是乃萬組少頭目的女兒！』

聞言，高山嘆一口氣。後藤默默地皺起眉頭，屋島則是粗聲說道：

「你說什麼？」

『所以我被乃萬組抓住，遭到嚴刑拷打，把一切都招出來了。』

好死不死，居然踩到天大的地雷。對於怜音的倒楣程度，高山十分焦躁，同時也有幾分同情。

屋島搶過手機，破口大罵：

「你在搞什麼鬼！」

『我也很無奈啊！』

「你現在給我立刻過來磕頭謝罪！」

面對屋島的怒吼，怜音低聲說道：

『……我不能過去。』

「啊？你在胡說什麼？快點過來！」

『我的身體被植入ＩＣ晶片，如果過去，乃萬組就會發現你們在哪裡。』

「千萬別過來，混蛋！」

高山瞪了大呼小叫的屋島一眼，喝令他「閉嘴」。

「給我。」

高山從屋島手中拿回手機，用淡然的口吻質問：

「怜音，你說了多少？」

『帶女人去的酒吧名字和地點。今泉、大名跟中洲的那三家店。』

「還有呢？」

『你們的名字。』

「這沒問題，反正是假名。」

『還有公司的名字。』

「這也沒問題。」

鳳凰集團表面上的代表並不是高山。為了安全起見，他安排了替身。無論再怎麼調查公司，都不會查到他身上。

「看來這部分的事業得先收手，避避風頭。」

高山涉足各種壞事，就是為了這種時候。就算其中一種被抄了，也還有其他辦法可以賺錢。

「屋島，讓這三家店臨時休業，你也別靠近這些店。」

靠著敲竹槓賺錢的高級酒吧店長，全都是僱來的半灰，由屋島負責巡視。

屋島不情不願地點了點頭。「嗯，知道了。」

現在乃萬組應該正在四處打探，幸好店面的租約也是透過人頭公司簽訂的，乃萬組的人再怎麼努力也無法查到高山等人身上，不過，凡事還是小心為上。搞不好對方會在店門前埋伏，別輕易靠近才是明智的做法。

『乃萬組的少頭目很火大。』怜音說道：『說要把這筆帳算清楚。你們要是被他找到，下場一定很淒慘。』

「我想也是。」

不過，只要別被找到就沒事了。

萬一陷入危險事態，立刻逃跑就行。既沒有必須保護的組織，也沒有必須盡忠的上司，更沒有必須照顧的部下。說走就走，正是不屬於任何組織之人的優勢。

「那你現在在幹什麼？」

『在乃萬組打雜。他們要我工作償還騙走的錢。』

接著，怜音的語調變了。

『老實說，我有個好消息，是有錢可賺的情報。少頭目的女兒告訴我的。』

「什麼情報？」

『您要花多少錢買？』

聽了怜音這句話，屋島勃然大怒。

「你別得寸進尺！也不想想是誰害得我們變成這樣！」

吵死了——高山用視線制止屋島。

『乃萬組現在好像在走私金塊，愛梨邀我「偷走爸爸的金塊一起私奔」。如果你們想知道詳情，我可以打聽看看。』

「好。」高山點頭。「我付錢買你的情報，還會替你找個高明的密醫，幫你拿掉被植入的晶片。」

『嘿嘿，交易成立。我會再聯絡您。』

怜音留下這句話之後，便掛斷電話。

「……金塊啊？」

確實是有錢可賺的情報。

高山喃喃說道，喝了口消氣的香檳。

hakata
tonkotsu
ramens

四局上

「開一瓶香檳！」

氣勢十足的吆喝聲透過麥克風響徹店內。深處的桌位格外熱鬧，原來是最近才剛登上排行榜的牛郎後輩的金主來捧場。那是個四十出頭的女人，聽說是醫生，每個禮拜都會來店一次，而且會開好幾瓶酒。非但如此，聽說她為了慶祝那個後輩進榜，還買了一輛全新的S級賓士車送他。有這麼闊氣的主顧，真讓人羨慕不已。

說歸說，大和並不想努力效法。大和在這家店裡工作不是為了賺大錢，也不是為了讓女人買車給他，更不是為了稱霸牛郎界。他知道能靠當牛郎賺錢的人僅有一小部分，再說，當扒手的收入還比當牛郎多，如果他想賺錢，就會專心當扒手。

那他為何把牛郎當副業？理由很單純，就是為了靠正當工作換取酬勞。

牛郎俱樂部「Adams」在中洲是小有名氣的店。以黑色為基礎色調的裝潢加上藍白色照明，搭配大理石地板與桌子，牆壁四處都嵌有水族箱，色彩鮮豔的魚兒在裡頭游水。老闆常得意洋洋地誇耀這是融合了奢華感與娛樂性的設計，不過老實說，大和根本不在乎。

就在香檳呼聲大作之際——

「大和，有人指名。」

經理對大和說道。

「咦？」大和大吃一驚。「我嗎？」

大和當牛郎的資歷也算長，當然不是完全沒有客人捧他的場，但是沒跑業務就主動來店的指名客人可說是少之又少。尤其是像今天這樣的平日，大和早已做好當壁花的心理準備。

到底是誰？大和滿心詫異地走向座位一看，只見有個年輕的客人坐著，是個身穿淡粉紅色洋裝、大約二十來歲的女人。

看了對方的臉孔，大和更加驚訝。

「……真、真澄？」

五十嵐真澄——好友的妹妹。

「咦？妳在這種地方做什麼？」

面對意料之外的人物，大和一臉錯愕。真澄並不是那種會來牛郎俱樂部玩的類型。她和兩個不良哥哥不同，向來循規蹈矩，讀的也是充滿氣質的貴族女校。大和輾轉得知她現在已經成為大學生，就讀縣內首屈一指的國立大學。

大和在她身邊坐下，小聲質問：「妳來做什麼？」

「我有話要跟前田學長說。因為聽說學長在這裡工作，我想說來店裡應該就能見到面。」

真澄辯解似地說道。

「有話跟我說？」

「對。是哥哥的事，我想找學長商量。」

哥哥的事——成了植物人的好友臉龐立即浮上腦海，大和神色一緊。

「……壯真怎麼了嗎？」

但真澄搖了搖頭。

「不，是飛雄哥。」

五十嵐家是三兄妹，二十四歲的長男五十嵐壯真，小他一歲的次男五十嵐飛雄真，以及更小一歲的妹妹五十嵐真澄。

飛雄真是高中時代的學弟，大和跟他也很熟。因為是同一個車隊的隊友，又是好友的弟弟，因此大和當時很照顧他。

「飛雄哥最近開始認真找工作，上個月他聯絡我，說他找到工作了。」

「哦？那個飛雄真……」

大和只認識不良少年時期的飛雄真，無法想像他認真工作的模樣。

「不過在那之後，我就聯絡不上他……」

真澄露出擔憂的表情。

據她所言，她曾嘗試透過各種管道聯絡哥哥，但是飛雄真完全沒有回應。撥打電話，只會聽到「位於收訊不良的地點或未開機」的語音，完全打不通；寄送電子郵件，也沒有回信；用通訊軟體傳送訊息，都是呈現未讀狀態。

「是在忙著工作吧？」

一定是因為剛上班，沒有多餘的心思回覆。大和可以理解真澄擔憂的心情，也覺得回覆一下又花費不了多少時間，不過這種狀況確實有可能發生。

然而——

「我想應該不是。」

真澄斷然說道。

「每年到了我的生日，哥哥一定會聯絡我，跟我說生日快樂。我的生日是在上週，可是他今年完全沒有聯絡。」

大和知道飛雄真很疼愛真澄。才貌雙全的真澄是兩個哥哥引以為傲的妹妹。

「會不會是手機不能用？比如壞掉了，或是因為什麼緣故而解約，所以今年無法聯絡妳。」

如果是未成年的小孩倒也罷了，但飛雄真已經是個獨立自主（雖然也有稱不上獨立自主之處）的成年人，才幾個禮拜聯絡不上，不必這麼擔心吧？

大和是這麼想，不過手足情深的妹妹可就不然。

「學長。」

真澄低下頭。

「能不能請你幫忙找我哥？」

「咦？」

面對意料之外的請託，大和整個人僵住了。

「求求你，前田學長。我有種不好的預感，說不定哥哥是惹上什麼麻煩。飛雄哥從以前就……呃，有些讓人放不下心的地方……」

經她這麼一說，大和無法反駁。飛雄真確實是頭腦簡單又有點散漫，從以前就常因為多管閒事而遇上危險。

「學長或許可以找到他。求求你，幫忙找我哥。」

大和明白真澄為何找自己幫忙了。他很想回應真澄的期待，但不能點頭答應。

「我不能幫忙，抱歉。」

大和垂下了眉毛。

「妳媽要我別再插手管你們家的事。」

——別再和我們家有任何牽扯。

醫院裡的那句話，於大和的腦海中重新浮現。

那句話令大和難以承受，一直插在心坎上。

「怎麼會……」真澄高聲說道：「是因為那場車禍的緣故嗎？可是，那不是前田學長的錯——」

「不，是我的錯。」

大和打斷真澄的話語，點了點頭。

是我的錯——他喃喃說道。

壯真變成那副模樣的責任在於他，壯真的母親怨恨他是理所當然。雖然他很想幫真澄的忙，但他覺得自己活像五十嵐家的瘟神，不敢出手相助。壯真的母親說得對，最好別再有任何牽扯。

說歸說，他也不能袖手旁觀。真澄打從心底擔心哥哥，搞不好會做出獨自搜索之類的危險行動。他不能讓這樣的情況發生。

見真澄垂頭喪氣，大和為了鼓勵她，刻意用開朗的語調說道：

「別擔心、別擔心，我會介紹認識的偵探給妳。」

找人還是交給這方面的行家最妥當。

「他是個很親切的人，一定會幫妳。」

說到這兒，大和突然想起來。

……對了，馬場大哥還在住院。

這樣不能委託他。大和又改口說：

「啊，抱歉，那個人現在分不開身。那我去拜託那個偵探的助手——」

說到這兒，大和又想起來。

……這麼一提，林那小子剛剛才去攤車接了源伯交代的工作，現在拜託他幫忙找人，他很可能會說「我很忙，改天再說」而拒絕。

還有沒有其他擅長找人的傢伙？大和暗自尋思，腦中浮現那個香菇頭的得意面孔。拜託那小子的話，或許一下子就能查出飛雄真的下落，但是搞不好連自己的往事和人際關係等無關的事都會被順藤摸瓜地挖出來。一如此想像，大和便毛骨悚然。他可不願意落到這般田地。

「——好吧。」

看來只能死心。

「我會去找飛雄真，也會問問他的朋友。所以真澄，妳不必擔心，交給我就行了。」

聽了大和這番話，真澄深深地低下頭致謝。

中洲的俱樂部基本上都是在深夜一點前打烊。平常下班以後，大和會直接回家，但今晚有事得做。他鞭笞四處陪坐而疲憊不堪的身軀，踩著尖頭皮靴走在霓虹街上。酒醉的上班族團體、下班的酒店小姐、酒吧的攬客員工、排班的計程車，雖然日期已變，這條街依然熱鬧無比。

大和前往的是熟人經營的店。在中洲大街上走了片刻以後，一名眼熟的年輕男子映入眼簾。

「……怜音？」

他呼喚正好走出超商的男人。

「啊，大和大哥。」

褐髮男子轉過身。

怜音是在同一家店裡工作的牛郎後輩，最近一直曠職，不過這在特種行業是常有的事，大家都沒放在心上。

「你的臉怎麼了？」

大和大吃一驚，忍不住詢問。

怜音鼻青臉腫，似乎被人痛毆過一頓。

「哎呀～」怜音抓了抓腦袋回答：「我跟路邊小混混打了一架。」

大和這才想起來。這麼一提，聽說這男人在背地裡私自接客，好幾次都被牛郎店的員工看到他在沒排班的日子和客人走在一起，連老闆都聽到風聲。

大和不禁妄加揣測，或許怜音正是因為私接而惹上麻煩，遭人修理。

怜音究竟會不會回店裡上班，或是打算就此消失，大和不知道也不在乎，不過身為前輩，大和還是提醒他一句：「分寸要拿捏好。」然而，對方只是把口香糖嚼得茲茲作響，嘻皮笑臉地應道：「是～」真是個不可愛的後輩。

和怜音道別以後，大和經過中洲派出所前，走進前頭的出租大樓，打開二樓的飛鏢酒吧店門。

踏入店裡的瞬間——

「哇！」吧檯裡的酒保一看到大和，便興奮地叫道：「好久不見！」

「嗨，」大和輕輕舉起手來回應：「過得還好嗎？阿浩。」

店裡沒有客人，似乎正要打烊。大和環顧店內，笑著調侃：

「沒想到我們當中飛鏢射得最爛的你，居然會變成飛鏢酒吧的店長。」

「這種陳年舊事就別提了吧，總長。」

「你也一樣。」多年沒用的稱呼被搬出來，大和不禁皺起眉頭。「別那樣叫我。」

這個叫阿浩的男人——浩一，是大和疼愛的後輩之一。就讀的學校雖然不同，卻是隸屬於同一個飆車族的隊友。每天晚上都在街頭鬼混、玩飛鏢直到天明的那段日子真教人懷念。

「怎麼突然來了？」

「我有事想問你。」大和往吧檯的椅子坐下，進入正題。「你以前和飛雄真很要好吧？」

「五十嵐飛雄真嗎？」

「對。你知道他在哪裡嗎？」

阿浩和飛雄真是好友。大和原本以為阿浩應該知道什麼，但結果不盡人意。

「哎呀，我和飛雄真已經好幾年沒見面了。」

是嗎？大和垂下肩膀。畢業以後已經過了數年，環境改變，人際關係自然也會改變，無法永遠都和從前一樣。

最初的打席似乎是以揮棒落空收場。在大和大失所望之際——

「不過，阿竹可能知道。」

阿浩補充一句。

「上次見面的時候，他有提到飛雄真。」

「阿竹現在在哪裡？」

「他在一丁目的泡泡浴店當攬客員，店名叫做『人妻俱樂部』。」

大和在吧檯上放了筆小費充當情報費，便離開酒吧。

他背向大路，朝著運河城方向前進。這一帶到了這個時間向來行人稀少。穿越國體道路後即是色情店林立的地段，走沒多久他便找到要找的人。

「先生，要不要打一砲啊？有美女喔！」

穿著白襯衫加黑背心的年輕男子向大和搭訕。

「你還是老樣子，元氣十足啊。」

大和面露苦笑，阿竹——竹山瞪大眼睛。

「哇！這不是總長嗎？」

「算我拜託你，別那樣叫我。」

個個都是這副德行，大和忍不住咂了下舌頭。

阿竹也是當年的飆車族隊友，個性輕浮，是隊上的開心果，這種性格至今似乎依然沒變。

「等等、等等，健人大哥跑來這種地方做什麼？來泡澡的嗎？」

他樂不可支地調侃大和。

「不是，我是來找你的。」

「咦？找我？」

「我在找飛雄真，你知道他最近在幹什麼嗎？」

「飛雄真？五十嵐飛雄真嗎？」

「對。」

「不，我不知道。」

阿竹歪起頭。

「他上個月前都還定時向我們的連鎖酒店報到，可是突然就不來了，說什麼『不能老是遊手好閒，該找份工作來做』。」

找工作──真澄也是這麼說的。飛雄真洗心革面，打算認真工作這件事，似乎是事實。

「畢竟壯真大哥出事以後，他老媽一直很辛苦，他大概是不忍心吧。」

一提起壯真的名字，阿竹的表情就罩上一層陰霾。

「是啊。」大和也喃喃回答。

「對不起，幫不上忙。」

「不，謝謝。」

這裡也是揮棒落空。大和只好拜託阿竹若有消息立刻聯絡他。

就在他轉過身的瞬間——

「健人大哥。」

阿竹叫住他。

「我覺得健人大哥的選擇沒有錯。」

聞言，大和不禁停下腳步。回頭一看，阿竹露出前所未見的認真表情。

「那樣處理『大和聯隊』是正確的。」

大和聯隊，真是令人懷念的名字。

以福岡市博多區為中心活動的飆車族——大和聯隊，原本是散布於市內各地的獨立車隊。西區的「虛空」、東區的「紫電一閃」、中央區的「益荒男」——四個集團互相合併，各自改名為「大和聯隊」分部。這麼做是為了對抗其他擴大勢力的飆車族，而博多分部擔負了統合聯隊的重責大任。

然而，在某個事件發生後，大和聯隊解散了。

做出這個決定的，即是當時擔任總隊長的大和。

「雖然也有一些前輩和隊友在抱怨……可是當時如果沒有解散，我大概會一直為非作歹，一輩子都過得亂七八糟吧。」

這番率直的話語給了大和些許慰藉。大和沒有開口道謝，而是回以笑容。

「對了，健人大哥要不要順便打一砲？」

面對後輩的玩笑，大和回了句「下次再說吧」，再次回到大馬路上。

到頭來，完全沒找到關於飛雄真的線索。就在大和暗自尋思該如何是好之際，一群制服警官映入眼簾。其中一個年輕警察發現大和，一面揮手一面走來。

「啊，健人大哥！」

「嗨，吊車尾。」

聽大和這麼說，警官皺起了眉頭。

「欸，別這樣叫我嘛。」

這個男人小名「山哲」，本名是山田哲郎，和阿浩、阿竹一樣，是大和從前的隊友。被警車追趕的時候殿後，當誘餌引開警察的注意，便是這個男人的任務。

「沒想到你這個警局常客居然會變成條子。」大和笑道，「在巡邏嗎？」

「對，那邊的酒吧有人鬧事。」山哲指著大樓。「喝醉酒的客人耍賴不付錢。」

這在這條街上是常有的事。每天都有糾紛發生，而派出所員警每天都得為此奔走。

「健人大哥在做什麼？」

山哲詢問。

「啊，我嗎？打聽消息。」

大和回答。

「什麼跟什麼？又不是刑警。」

一點也沒錯。大和知道自己並不擅長這種工作，但是既然接下委託，就不能半途而廢。

「真澄來找我商量，說她聯絡不上飛雄真，所以我現在正找他的朋友打聽消息。」

大和一說完，山哲便「啊！」了一聲。

「我前一陣子有看到飛雄真。」

沒想到會在這種地方得到有力的目擊證詞。

「咦？真的假的？」大和瞪大眼睛。

「對，是真的。」山哲點頭。「我在街上巡邏的時候，穿著西裝的飛雄真正好從我眼前經過。我本來想叫住他，可是他好像在趕時間。」

大和連珠炮似地問道：

「那是什麼時候的事？你在哪裡看到的？地點是？」

「唔，大約三個禮拜前吧？」

山哲拿出手機，顯示地圖。

「我記得是在這一帶。」

他用指甲畫出一個小圓。那是中洲川端站往昭和路方向步行十分鐘左右的區域。

他好歹是警察，應該不會看錯。這是足以信賴的證詞。

「我也去向從前的朋友打聽看看吧？如果有消息，我會聯絡健人大哥。」

這個男人交遊廣闊又消息靈通，或許能夠找到有力的線索。

聽了後輩這番令人感激的話，大和雙手合十說道：

「不好意思，拜託你了。」

四局下

從中洲川端站的七號出口行經博多座旁，再往昭和路方向前進，就可以看見川端電話服務的公司大樓。一樓的正門玄關有兩台電梯，二樓和三樓是辦公室，四樓是員工餐廳和休息室，五樓是會議室與研習室。

後藤率先前往研習室。

在途中的走廊上，他和一個身穿作業服的清潔工擦身而過。孟加拉籍的男人一察覺後藤，便輕輕低頭致意，但未多說什麼，只是默默拖地。

身穿西裝的年輕人們，全都於約定時間的十分鐘前到研習室集合，相當優秀。

今天這裡要舉辦新人研習，後藤是負責人。十名新進員工分坐於並排的兩人座桌位上，專注於後藤的話語與白板上的文字。

上午主要是機密資料的處理方式、ＩＤ或密碼等個資的管理，以及公司內部郵件系統的使用方法等守規性研習。大致說明完畢後，後藤帶著新進員工參觀公司，詳細說明各個樓層的設施——除了那個地方以外。

午休時間過後，新人從下午開始分發到各部門。十人之中的三人負責網購公司的接單業務，兩人負責信用卡的諮詢業務，四人則是電器用品的技術支援。之後的研習都是由各部門主管負責。

「齊藤。」

後藤呼喚最後一人的名字。

「是。」

一副老實模樣的男人簡短地回答。記得這個新人年紀大約二十五、六歲，雖然不是應屆畢業生，但應該可以成為即戰力。

「做好住宿的準備了嗎？」

「啊，是的。」

齊藤點頭，瞥了自己帶來的大波士頓包一眼。

「你在錄用考試中表現得特別優秀，所以我想讓你負責特殊業務。」

「……特殊業務？」

新人歪頭納悶。

「沒錯。」後藤擺出和善的笑容。「只有這個部門有抽成獎金，可以賺更多錢。」

聞言，齊藤謙虛地表示：「這樣的工作，不知道我做不做得來。」

「你的聲音很順耳，應該可以勝任。跟我來吧。」

後藤帶路，兩人搭上電梯。到底要去哪裡呢——人生地不熟的新進員工一臉不安地左顧右盼。

「這張員工證就是鑰匙。」

後藤將磁卡型員工證放到按鈕底下的感應器前方，電梯便自行運作起來，往地下一樓下降。

「這個部門的辦公室在地下。」

——而且只要一踏進去，就不能再回頭了。

後藤在心中喃喃說道，暗自竊笑。

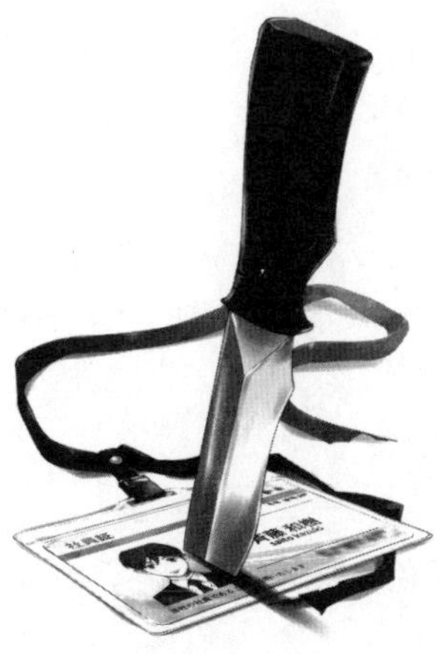

五局上

一開始還好。上午的研習是每家公司都會舉辦的那種極為普通的守規性研習，接著參觀公司內部，也如風評所示，是一間平凡無奇的電話行銷中心，正在工作的員工和業務內容全都很正常。

看來這次自己終於可以在正當的公司裡工作了，齊藤不禁鬆一口氣。

然而到了下午，情況變得越來越不對勁。不知何故，只有齊藤一個人在後藤經理的呼喚下搭上電梯，被帶往地下一樓。

經理說要讓齊藤「負責特殊業務」，齊藤並不是不高興。一來薪水可以變多，更重要的是，經理如此看重他，是他的光榮。

不過，不知怎地，他心中就是有股不安。

在過去的人生中，經歷過各種大風大浪的齊藤心中的第六感如此告誡：「欸，苗頭好像不太對耶！」然而，齊藤放棄深思，甚至裝作沒發現。這可是好不容易找到的工作啊！不不不，自己想太多了。這年頭每家公司都有地下樓層，沒事的、沒事的——他如此告訴自己。

出了電梯以後是一條長長的走廊，連扇窗戶也沒有，只有相隔數公尺設置的小日光燈朦朦朧朧地照耀著樓層。

走在走廊上，他們與一名男性清潔工擦身而過。清潔工停下工作，低頭致意，齊藤也點頭回應。

後藤經理邊走邊說明：「這裡是補眠室，研習期間要請你睡在這個房間。」「這是淋浴間，這是廁所。洗衣服是新人的工作，採輪流制。」「這是經理室，有事找我的時候就來這裡。」他的口吻相當平淡。

「這是辦公室。」

經理指著門說道，裡頭似乎有員工在工作。說話聲、電話鈴聲，以及隨著一句「拿到訂單了！」而響起的熱烈掌聲，連在門外都聽得見。

自己似乎想太多了，好像是家正經的公司。好、好，很好、很好——齊藤的心重新振作起來。

「今天你就在這裡工作。」

說著，經理敲了敲門。那是位於走廊盡頭的小房間，門上寫著「備品倉庫」。

經理打開門。房裡是成排的架子，中央有組老舊的桌椅，一個男人正坐在椅子上工作。

「五十嵐。」經理呼喚男人的名字。

那是個年輕員工，五官稚氣未消，齊藤一眼就看出他的年紀比自己小。

「他是新人齊藤，請你教他如何工作。」

在經理的介紹下，齊藤朝著比自己年少的前輩深深低下頭。

「我叫齊藤，請多指教。」

「那之後就交給你了。」

經理將齊藤託付給五十嵐以後，便自行離去。

「……請問我該做什麼？」

被留下的齊藤問道。

「銷毀文件。」

五十嵐說明，並把部分堆積如山的紙張遞給齊藤。

「方法很簡單。把這些紙一張張地泡在這個水桶裡，水裡要加洗潔劑，這樣文字會變淡，紙也比較容易泡爛。」

那是衣物用的洗潔劑，瓶身上印有「白得驚人」字樣。

「……洗潔劑？」齊藤皺起眉頭。這些紙張全都要銷毀？而且是手動？他的眼前開始發黑。「不用碎紙機嗎？」

「用碎紙機有可能被復原。這家公司對於情報外流防範得很嚴密。」

「原、原來如此，真徹底。」

「請用。」

五十嵐將洗潔劑和水桶遞給齊藤。

齊藤難以釋懷，可是只能照做。他從紙堆裡抽出一張紙，瞥見上頭羅列的文字，不禁暗自疑惑。上頭寫的似乎是營業話術範例，但是顯然不對勁。

營業話術範例①

電訪員：喂？媽，是我。

客戶：哎呀，〇〇，好久不見。怎麼了？

電訪員：老實說，我挪用了公司的錢……明天要查帳，我正在傷腦筋。該怎麼辦？

客戶：糟糕，你用了多少錢？

黑得驚人。

「——不不不不不！」

齊藤忍不住大叫。

他看了不該看，不對，是不想看到的東西。什麼電訪員、什麼客戶，根本是詐騙集團和肥羊嘛。要問這是出局還是安全上壘，鐵定是出局，用不著請求裁定也看得出來是明顯出局。「看吧，果然是這樣。我早就跟你說過了。」心中的第六感彷彿正如此對自己聳肩說道。

榎田從天神走向渡邊路一帶。穿越斑馬線步行片刻之後，目的地便映入眼簾。佐伯美容整形診所掛著休診日的牌子，但是門並沒有上鎖。

裡頭正好有個男人出來，和榎田在入口擦身而過。那是個穿著花俏西裝的褐髮男子，看起來似乎是牛郎。榎田不禁暗想：「那種流裡流氣的感覺和我們隊上的右外野手倒是挺像的。」

一走進診所，佐伯便從裡間探出頭來。

「我還以為是誰，原來是榎田先生啊。」

「嗨。」榎田舉起手來回應。「如果你在忙，我可以改天再來。」

「不，不要緊，已經結束了。」

他們轉移陣地，來到診所內的密室。

「剛才的男人是牛郎吧？你幫他整了哪裡？」

榎田詢問。

之前沒見過那個男人，是佐伯的顧客嗎？

「不，不是整形。」佐伯笑道，「他的身體被植入ＩＣ晶片，要我幫他拿出來。」

好可怕。「真是苦了他啊。」榎田聳了聳肩。

「今天只是諮詢而已，明天才要動手術。」

為什麼身體會被植入晶片？榎田很好奇其中的來龍去脈，不過現在沒時間離題。閒聊就到這裡為止，榎田帶入正題。

「你對這些人有印象嗎？」

他將照片擺在平台上。那是重松交給他的三名失蹤者的照片。如果他們是惹上麻煩，而且是和從事地下工作的人有關的麻煩，或許以處理屍體為業的佐伯握有什麼線索。

榎田的推測似乎無誤，佐伯才看了照片一眼，便點了點頭。

「確實有送到我這裡來。」

「真的？」

「對，最近透過熟人委託的，不過我沒有問委託人的名字。」

「屍體呢？」

「很遺憾，已經送去火葬場了，現在應該變成灰了吧。」

「……晚了一步啊。」榎田聳了聳肩。

「如果照片也行的話，可以拿給你看。」

佐伯為了自保，會留下自己經手的工作紀錄。他從上鎖的櫃子中拿出一本檔案，遞給榎田。

「就是這個。全都是被槍殺的，有些屍體腐壞得很嚴重。」

佐伯拍下三個男人的屍體，其中有的已經長蛆，有的已有一部分化為白骨，要判別身分似乎不容易。

榎田比對三具遺體的照片和三人的身體特徵。

「這具腐壞得最嚴重的屍體應該是宮脇惠一吧，手臂上的刺青還勉強看得出來。而這具瘦長的屍體大概是中津，體格很相似。第三具屍體還很新，八成是剛被殺掉的。看他的長相，應該是江口順平沒錯。」

換句話說，三名失蹤者早就被殺害了。失蹤案變成連環殺人案，瀰漫一股危險的氣息。榎田不禁暗想，重松身為刑警的直覺實在不容小覷。

「話說回來……」榎田瞇起眼睛看著照片，皺起眉頭問：「這具屍體渾身都是泥巴，為什麼髒成這樣？」

「好像是埋進土裡以後又挖出來的，大概是擔心被發現。這種情況很常見。」

「身上的東西呢？」

「除了衣服以外，身上沒有配戴任何東西。好像沒有什麼特別之處……只有一點不太尋常，就是這具屍體的襪子裡有張名片。」

佐伯指著江口順平的屍體。

「襪子裡？」榎田疑惑地問：「為什麼名片放在這種地方？」

「很不可思議吧？」佐伯也點了點頭。「或許是故意藏起來的，以免被人發現。」

若是如此，江口順平或許知道自己有生命危險。那張名片應該可以成為找出這起連環殺人案凶手的線索。

「這就是那張名片。」

佐伯指著檔案夾，照片上是一張皺巴巴的小紙片。榎田定睛凝視，閱讀文字。上頭印著「川端電話服務　經理　後藤和之」等字樣。

「……川端電話服務。」

榎田喃喃說道。

看見這個眼熟的公司名稱，榎田的嘴角自然而然地綻開。

「怎麼了？榎田先生，有什麼有趣的事嗎？」

「不。」榎田揚起嘴角回答：「只是覺得接下來會變得很有趣。」

關於目標的情報實在稱不上多。

殺手名叫薩利姆，孟加拉籍，原本是留學生，簽證或許早已過期。最可靠的情報是源造提供的照片，背面有源造寫下的住址。福岡市博多區住吉——這裡似乎就是薩利姆的住處。

話說回來，林沒想到居然會有殺手幹私接這種摳門的事。支付給仲介的費用微乎其微，為了省這點小錢而落到這種下場，根本划不來。不過，這是薩利姆自作自受。

薩利姆的住處離車站有段距離，是一棟到異鄉工作的外國人集居的老舊公寓。一樓角落的套房電錶雖然在動，屋裡卻是鴉雀無聲，沒有人的氣息。莫非是外出不在家嗎？

林沒有那麼刻苦耐勞，願意乖乖在外頭等候。他繞到公寓後側，越過柵門入侵陽台，打破玻璃從外側打開了鎖。

「打擾啦。」

林說道，闖入無人的套房。

就在此時，突然傳來一陣低鳴聲，讓林猛然一震。

口袋裡的手機在震動，似乎是有人來電。他不禁面露苦笑，心想自己白白被嚇了一跳。

林瞥了畫面一眼，嘆一口氣。是馬場打來的。

他接起電話。

『呀，小林，你現在人在哪裡？』

一道悠哉的聲音傳來。馬場還是一樣精神奕奕，一點也不像正在住院的病患。

「住吉。」

『我想吃明太子，你可不可以買一些過來？』

「不行，我現在沒空。」

又是明太子？林感到厭煩。我在工作耶！

「附近的超商應該有賣吧，你叫去探病的人幫你買啦。」

聞言，馬場的語調變得像是在鬧脾氣。

『我不要超商的明太子，我想吃福屋的。』

「誰理你啊。」

林啼笑皆非地否決。

『說這種話行麼？我說不定會偷偷溜出醫院去買。』

馬場語帶威脅地說道。

林皺起眉頭……這個男人居然抓住別人的弱點要脅。

「啊，好啦、好啦。我會買給你，乖乖等我。」

林沒好氣地回答，掛斷電話。

明太子可以等，工作才是當務之急。林切換思緒，環顧薩利姆的套房。套房相當簡陋，只有沙發、椅子和床鋪，沒有任何多餘的物品，一副隨時可以遠走高飛的模樣。

林在沙發上坐下，打開電視。不知道目標什麼時候才會回家，看來是有得等了，還是邊看電視邊等吧。

他操作遙控器，突然想起這麼一提，從前也發生過這種情況。當時他潛入目標家中，邊看電視邊等候對方歸來。

已經過了一年啦？有種懷念的感覺。

『我知道飛雄真在哪裡工作了。』

當警察的後輩在半天後聯絡了大和。

大和過的是日夜完全顛倒的生活，在大白天裡被硬生生吵醒的他躺在自家床上，一面克制呵欠，一面對著通話對象喃喃說道：「真的假的？」不愧是消息靈通的山哲，效率極佳。

『昨天巡邏的時候，我碰巧遇見後輩。以前飛雄真很罩他，他現在在中洲當女孩酒吧的店長，飛雄真常去喝酒。』

「所以呢？」

『他說上個月飛雄真去過店裡，還向他炫耀員工證，說是公司連同錄取通知一起寄來的。當時飛雄真很興奮地說，他正式加入上班族的行列了。』

「是哪家公司？」

『川端電話服務。』

大和沒聽過這家公司。

「謝啦。」

大和向山哲道謝。只要上網搜尋，應該就能找到公司的地址吧。

「我會去看看。」

大和說道，不過山哲的聲音顯露出為難之色。

『請多小心，總長。那家公司背後好像有半灰撐腰，最好別貿然槓上他們。』

「半灰？」

『聽說從前混過不死鳥。』

不死鳥——聽到這個熟悉的名字，大和頓時睡意全消。

不死鳥是大和聯隊的對抗勢力。

那是個身穿紅色特攻服的好戰集團，裡頭有許多讓少年課刑警一個頭兩個大的知名不良少年。由於和大和聯隊博多分部同樣是在博多區內活動，雙方時常發生衝突，甚至還曾演變成火拼。御笠川的東側是不死鳥的主要地盤，西側則屬於大和聯隊，但是不死鳥的人總是滿不在乎地侵門踏戶。從首領到小卒，不死鳥的所有成員都與大和聯隊水火不容，一在街頭照面就會上前找碴。那場悲劇正是因為這種恩怨而起。

大和一面回憶年少時的往事，一面走出中洲川端站的七號出口，經過博多座旁，往昭和路方向前進。走了五、六分鐘以後，他停下腳步，確認四周。根據搜尋到的資訊，川端電話服務的公司大樓應該就在這附近。

說歸說，山哲說的話令人掛懷。倘若半灰——而且是前不死鳥的成員也牽扯在內，那麼正面闖入並非上策。先確認公司地點，在附近觀察片刻吧。

大和如此盤算，走進狹窄的巷弄。正當他彎過頭一個轉角時——

「啊！」

他忍不住叫道。

大和停下腳步，凝視著站在路中央的人物。

對方也察覺到大和，喃喃說道：

「啊！」

是榎田。

五局下

「——不不不不！」

新進員工似乎看到待銷毀的文件內容，發出叫聲。

飛雄真一陣愕然。搞不好被人聽見了。「噓！」他用食指抵著嘴唇，名叫齊藤的新人立刻閉上嘴巴。

「你太大聲了。」

「對、對不起。」

飛雄真打開門確認走廊，看到有個人站在經理室前。清潔工正在拖地。那個清潔工是外國人，聽說不懂日語，應該沒問題吧。飛雄真鬆一口氣地關上門。

齊藤做了幾次深呼吸，讓自己冷靜下來之後，再次開口說：

「……呃，這是詐騙吧？」

「你發現啦？」

「當然啊！」

說得也是，飛雄真點了點頭。這樣還沒發現才奇怪。他們努力銷毀的文件，顯然是詐騙指南。

只見齊藤大大嘆一口氣，並抱住腦袋說：

「唉，詐騙啊……」

飛雄真很同情他。

「我懂，很震驚吧？」飛雄真輕輕把手放在垂頭喪氣的齊藤肩上。「好不容易找到的工作，居然是在幹這種事。」

聞言──

「……不，傷口還算淺，因為我之前上班的公司更糟糕。哈哈哈……」

齊藤發出乾笑，眼神充滿感慨。

飛雄真內心驚訝不已。這個人以前是在什麼公司工作啊？雖然好奇，但這似乎是個禁忌話題。

「五十嵐先生也是在不知情的狀況下進公司的嗎？」

齊藤詢問。

「是啊，我也很震驚。」飛雄真點頭。「我一開始是在樓上工作，做的是深夜網路購物頻道的接單工作，後來這個部門缺人，我才被調過來。公司半是威脅地跟我說，如果不想被炒魷魚，就要負責特殊業務。」

飛雄真需要錢，他必須賺取哥哥的住院費用，因此雖然隱約察覺了，卻只能對公司所做的壞事睜一隻眼、閉一隻眼。

「這個部門裡的員工好像都有隱情，比如欠了一屁股債、走投無路，或是有前科、一直找不到工作，全是些背景不光彩的人。我也一樣，從前混過飆車族、被警察抓過，公司大概認為我很合適吧。」

和少時放蕩的自己相比，齊藤看起來就是一副規規矩矩的模樣，為什麼會被分發到這個部門呢？

「齊藤先生，你也有什麼隱情嗎？」

飛雄真詢問，齊藤含糊地回答：

「……哎，算是有吧。」

飛雄真邊將文件泡入水中，邊繼續說明：

「新人一開始都得做這類單純的工作，像是銷毀文件，或是貼不實請款明信片的收件人貼紙之類的。實際經手業務，是在上頭的人認可以後。」

「這麼說來，我們以後也會被迫成為這家公司的詐騙共犯嗎？」

齊藤的臉色變得很難看。他似乎坐立難安，慌慌張張地站起來。

「總之，必須立刻報警。」他焦急地說道。

「最好別這麼做。」

飛雄真搖了搖頭，制止新人。

「之前也有員工想去跟條子告密。」他壓低聲音告知：「後來好像被殺人滅口了。」

「噫！」

齊藤的臉色變得更加蒼白。

「我也想跟外界聯絡，還曾偷偷溜進經理室拿回手機，可是這裡好像收不到訊號，不能打電話也不能寄信，不知道該怎麼辦才好。」

是收不到訊號，還是為了防駭而阻斷訊號，飛雄真不得而知。唯一可以確定的是，他們和外界聯絡的手段斷絕了。

「有沒有可以逃脫的路——」

齊藤四處張望。

「就算想逃，也逃不出去的。」

這層樓沒有窗戶，這一點飛雄真已經確認過。也沒有緊急出口之類的設施。出口只有一個，就是一樓的玄關正門。

「要出去，必須搭電梯上一樓，而電梯要有磁卡型員工證才能使用。這種卡只有少數人才有，比如代表、後藤經理和其他在這家公司混久了的前輩。」

「天、天啊！」

齊藤露出泫然欲泣的表情。

「總之，我們最好乖乖聽公司的命令。要是輕舉妄動，會被做掉的。」

就像江口前輩一樣——飛雄真在心中補上這一句。

這只是飛雄真的想像：或許江口在獲得信任之前，都是裝出忠心耿耿的模樣，扮演模範員工欺騙上司，以伺機檢舉這家公司。然而，最後他的計畫還是穿幫了，遭人滅口。

「……不，等等。」

垂頭喪氣的齊藤突然喃喃說道。他的眼睛似乎亮起希望之光。

「我是某個業餘棒球隊的投手，幾乎每個禮拜都會參加球隊練習，如果我沒有去練球，隊友應該會擔心我、開始找我。他們都是些很可靠的人，一定能夠查出我的下落，過來救我——」

說到這裡，齊藤「啊！」了一聲，睜大眼睛。

「不行……我已經跟他們說過研習要住宿，暫時不能去練球……」

在一廂情願地期待又一廂情願地絕望之後，齊藤發狂了。

「哇啊啊啊啊！誰來救救我！」

他小聲叫道，在房裡來回踱步。

這時候，在他肚子一帶搖晃的員工證映入飛雄真的眼簾。飛雄真開口說道：「呃，齊藤先生。」

「什麼事？」

「那是什麼？」

「咦？」

齊藤一臉錯愕。

「你看你的員工證。」飛雄真指著員工證。「套子裡是不是裝了什麼東西？我看到背面有個黑影晃來晃去。」

聞言，齊藤歪頭納悶，將員工證翻過來。

「哇，那是蟲嗎？好噁心。」

飛雄真從旁窺探，皺起眉頭。

那是個不到一公分的小黑塊，仔細一看是蜘蛛的形狀，背後還有紅色斑紋。記得這是種名叫紅背蜘蛛的毒蜘蛛。

齊藤睜大眼睛，又「啊！」了一聲。

「……五十嵐先生。」

「什麼？」

「我們……」齊藤一臉認真地說：「或許有救了。」

博多豚骨
拉麵團
HAKATA
TONKOTSU
RAMENS

六局上

「——哎呀，好巧啊，居然會在這種地方遇到你。啊，你要點什麼？我要柳橙汁。」

榎田看著菜單，裝模作樣地說道。

剛才在路上遇到榎田，大和暗自焦急。他立刻轉身，打算離去，榎田卻說：「我們去喝杯咖啡吧。」硬生生地留下他。無奈之下，他只好在附近的咖啡店一隅與榎田相對而坐。

片刻後，他們點的飲料送來了。大和喝著咖啡，暗自訝異：未免太巧了，就算他們平時都常在中洲一帶閒晃，居然會在那麼偏僻的地方巧遇。該不會……大和向對方投以懷疑的視線。

「……你該不會在跟蹤我吧？」

「說得真難聽。」榎田露出挑釁的笑容。「怎麼？你做了什麼會讓人跟蹤的事嗎？」

這傢伙真會踩別人的痛腳。大和咂了下舌頭撇開視線。

「哎，算了。」榎田付諸一笑，指著窗外說：「我只是在調查那家公司而已。」

這間未販售酒類飲料的咖啡店，位於川端電話服務的正對面，從這個面向馬路的座位，可以清楚看見五層樓高的房子。榎田的食指指向自己的目標建築物的瞬間，大和不禁睜大眼睛。

「關於那家公司，你知道什麼嗎？」

大和探出身子，榎田點了點頭。

「看樣子，你好像也知道什麼內情。」

榎田是情報販子，握有的資源鐵定比較豐富。雖然不願意借助這個男人的力量，但現在不是賭氣的時候。大和改變態度，擺出笑臉說：

「欸，要不要合作？你把你知道的告訴我，我也把我知道的告訴你。」

榎田並沒有立即同意這個提議，用三白眼瞪著大和說：

「你對我撒了謊吧？」

「啊？撒謊？」

「關於五十嵐壯真的車禍。」

聞言，大和想起幾天前的事。這麼一提，當時榎田在醫院裡問起壯真的事，而自己是這麼說明的：好友騎腳踏車的時候，被酒駕的車子撞到，陷入昏迷，至今仍未醒來。因為他不願意提起自己的過往，才如此搪塞。

是怎麼穿幫的？大和瞪大眼睛，榎田露出得意洋洋的表情說：

「我調查過當時的所有酒駕車禍，沒有一個被害人的名字是五十嵐壯真。」

「……你是閒著沒事幹嗎？」

居然大費周章地做這種事。大和已經突破傻眼，來到佩服的境地。

「從現在開始，沒有謊言，也不可以藏私。」

榎田說道，大和只能不情不願地點頭。什麼事都瞞不過這個男人的眼睛。

大和放棄隱瞞，張開沉重的嘴巴。

「五十嵐壯真是我高中時的好友，這一點是真的。」

他既是好友，也是隊友。大和說出了事實，但是省略自己是大和聯隊博多分部的總長、壯真是副總長，兩人一起率領車隊這部分。

「當時我們還年輕，念的是九流高中，還加入街頭的不良集團，一天到晚都在惹是生非。」

回顧當年，實在很不可思議。當時為何那麼煩躁？對於任何事都感到憤怒，心情總是煩悶不已，為了發洩這股不明所以的憤懣，成天和隊友一起騎著機車四處狂飆，掄拳動腳，揮舞鐵管和金屬球棒。

而在某一天，這樣的生活變了調。

「那一天，有個朋友被其他學校的人圍毆，錢包也被搶走了。」

犯人集團是不死鳥的成員。

「壯真的弟弟飛雄真很火大，帶著隊友闖進那些人的學校，找出其中一個人以牙還牙。對方懷恨在心，為了報復飛雄真，綁架了他的妹妹，要他想救妹妹的話，就獨自前往他們的根據地赴約。」

榎田調侃：「哇，簡直是不良漫畫的劇情。」

大和將他的話當成耳邊風，繼續說道：

「我和壯真趕到的時候，飛雄真正要挨打，我們設法救出他們兄妹倆，騎著機車逃跑。飛雄真載著妹妹，壯真則是坐在我的機車後座。對方也騎著機車追上來。」

人數是對方占得壓倒性上風，若是被抓住，後果不堪設想。大和等人一心只想甩開追兵，以猛烈的速度在道路上疾馳。

「不久後，警察也聞風趕來，追趕我們的那幫人全都溜之大吉，變成警車在追我們。」

妹妹真澄是無辜的，只是被拖下水而已。她就讀的是明星學校，不能讓她的經歷蒙上汙點，必須讓她平安回家，不能被逮捕。為了讓飛雄真和真澄乘坐的機車逃走，大和兩人充當誘餌，吸引警察的注意力。他們故意挑釁警察，等到快被追上的時候又拉開距離。當時他們的車速非常快。

結果，過彎的時候出了差錯。

機車橫倒下來，大和兩人被甩出去，狠狠撞上混凝土地與牆壁，就此失去意識。等大和再次醒來時，人已經躺在醫院裡。

說著說著，當時的記憶又鮮明地重現。

響徹夜路的機車轟聲，警車的車頭燈，輪胎摩擦地面的聲音，在意識逐漸遠去之間傳來的救護車警笛聲，頭破血流、倒在地上的好友。

以及，壯真的母親在醫院裡啜泣的身影。

「我的運氣好，只有骨折而已，可是壯真——」

躺在醫院病床上的壯真面容閃過腦海。那場車禍讓他變成植物人，七年來都沒有清醒。

大和悔不當初。如果當時我過彎沒有失敗，如果當時坐在後座的不是壯真而是我，或許壯真現在還健健康康的——他總是忍不住思考這類無謂的事。

關於壯真的車禍，隊上成員也都大受打擊，其中有人怒不可遏地想找不死鳥報仇，但是被大和制止了。

壯真變成那樣固然是大和造成的，起因卻是與不死鳥的對立。今天挨打，明天還擊，冤冤相報、沒完沒了。前輩那一代的恩怨一路延續至今，終究得有個了結，而大和認為這是自己的任務。

因此，他宣布大和聯隊就在自己這一代解散。

表面上的說法是為了避免造成更多傷害，實際上是因為大和已經不在乎了。自從好友出車禍以後，一切似乎都變得很無趣，喝酒、抽菸、暴力、穿上特攻服騎著機車四處狂飆，以及和其他飆車族火拼，都顯得愚不可及。這些事根本就不值得賭上性命。前輩們因為大和破壞傳統而責備他，但他同樣不在乎。

解散之後的事，大和並不清楚。聽說有些分部恢復為結成聯隊之前的名字，大和率領的博多分部中，也有人加入其他團體，不過，「大和聯隊」這個名字從此不曾再次出現於街頭。

「原來如此。」

聽了這番話，榎田插嘴說道。

「你之所以用五十嵐大和當花名，理由就是這場車禍啊。為了自我警惕，還把每個月的薪水都拿來賠償，當了五十嵐家七年的長腿叔叔。從外表真看不出你是這麼一板一眼的人。」

「……囉唆。」大和嘟起嘴巴。「——等等，你是怎麼知道的？」

自己並沒有提過這些事。

大和瞪大眼睛，榎田則是面露賊笑。

「那間醫院的牆壁好像很薄，說話聲聽得一清二楚。」

莫非和五十嵐家的母親之間的對話全都被他聽見了？若是如此，可就難堪了。

「算了，這些事不重要。」大和沒好氣地說道，改變話題。「接下來才是正題。飛雄真突然失聯，他的妹妹真澄來找我商量。」

大和簡潔地說明來龍去脈。

「我去找從前的朋友打聽。」他將視線轉向窗外。「最後查到這家公司。」

「哦。」

大和說完了，接下來輪到榎田。

「你呢？」大和仰起下巴催促：「你又是怎麼回事？」

「重松大哥委託我調查失蹤案。」

說著，榎田把資料和照片放到桌上。那是三個男人的照片。

榎田娓娓道來。

這三個人——宮脇惠一、中津彰和江口順平目前失聯，家屬請求警方協尋。年輕男子接連失蹤，重松覺得事有蹊蹺，因此委託榎田調查。

榎田調查以後，得知這三人已經遇害，而且被處理屍體的業者佐伯毀屍滅跡了。三人的身上並沒有皮夾及手機等貴重物品，不過其中一人帶有一張名片。

「那張名片來自川端電話服務的員工。」

榎田前往名片上的地址一探究竟，碰巧遇上大和——這就是事情的經過。

「那棟大樓裡正在進行某種危險的勾當，這三人和五十嵐飛雄真都牽涉在內，而員工是被殺人滅口的——這麼推測應該是八九不離十。」

這麼說來，飛雄真也有危險。

「得快點去救他。」

說著，大和就要起身。

「等等。」榎田制止他。「你打算闖進那家公司？」

「嗯。」

「難得你這麼熱血……哎，也好，這樣比較符合你的作風。」

「什麼叫我的作風？你根本不了解我。」

「我很了解啊。」

說著，榎田拿出一張照片給大和看。

「昔日的熱血又沸騰了，對吧？前『大和聯隊』總隊長，前田健人。」

照片上是大和從前的模樣，當時他只有十幾歲。照片中的大和身穿白色特攻服、梳了油頭，雙眼瞪著鏡頭。

「沒想到你以前混過。聽說火拼的時候，你總是一馬當先衝進敵陣，所以被稱為『大和聯隊的特攻總長』。」

這小子為什麼有這張照片？是從哪裡找來的？想問的問題堆積如山，但大和虛脫無力，只能嘆氣。

「……不行啊？」

大和暗自後悔，心想不該刻意隱瞞的。沒錯，這小子就是這種人，含糊其詞的答案反而刺激他身為情報販子的求知欲。

「不。」榎田回答：「偶爾這樣也不錯。」

大和恨恨地暗想，瞧他樂的。

「好了，扒手大和老弟。」

說著，榎田把一個小黑塊放到桌上——是這個男人的慣用招數，紅背蜘蛛型竊聽發訊器。

「在闖入敵陣之前，要先請你完成一件工作。」

闖入敵陣的林依然悠閒坐在電視機前，觀賞現在大受好評的深夜連續劇《不留情面的女人》。

這齣連續劇的主角鬼島冷子（二十九歲）原本是殺手，三年前金盆洗手，現在成了平凡無奇的內勤粉領族，和愛犬玩具貴賓一起過著安穩的日子。

然而，愛犬被從前的雇主——指定暴力團仁宮寺組殘忍地殺害，使得冷子的生活完全變調。勃然大怒的她決心復仇，再次拿起武器。這齣連續劇用十集的篇幅描寫她消滅仁宮寺組、為愛犬報仇的故事。不愧是《畫顏極妻》製作團隊再次合作推出的懸疑動作大戲，相當有看頭。尤其是冷子暗殺了仁宮寺組的幹部勝彥，促成在《畫極》完結篇未能結為連理的勝彥之妻——薰，與毒販賢治這對有情人，更是令人感動不已，林也忍不住拍手稱慶。

看著連續劇，林突然暗想，自己以後也會和主角一樣金盆洗手嗎？他無法想像。

畫面正好播到主角復仇的場面。每次主角在最後一幕現身時，都會說出招牌台詞：

「懺悔吧！混蛋。」並用刀刺穿壞人的心臟，或是用槍射穿腦幹，實在大快人心。

在薩利姆家埋伏了兩個小時，外頭突然傳來聲響。

「——回來了嗎？」

林喃喃說道，關掉電視。

好，工作時間到了。

林站起身，輕輕轉動肩膀熱身之後，歛聲屏氣走向玄關。源造沒有要林殺死對方，因此林的武器匕首槍依然收在懷裡。

腳步聲逐漸接近。

下一瞬間，「喀嚓」一聲鑰匙插入門鎖的聲音響起。林窺探魚眼，確認外頭，只見有個外國男人站在套房前。他長得和照片一樣，應該是薩利姆本人沒錯。

目標打開門、走進屋裡後，趁著他鬆懈的時候從正面給他一擊，這就是林的計畫。

然而，薩利姆遲遲沒有進屋，似乎是有人打電話來。他站在門前，將手機放到耳邊。林豎起耳朵偷聽。

「是，辛苦了……咦？現在嗎？我才剛到家耶。」

薩利姆的日語十分流利。

「是，知道了，我立刻過去。」

薩利姆再次鎖上門，就這麼離去了。

「……啊？」

搞什麼啊？林覺得很沒意思。

目標好不容易回來，竟然又外出。

「不能放過他。」

下次不知道目標什麼時候才會回家。林放棄埋伏，也跟著離開套房。他改變計畫，決定跟蹤薩利姆，伺機完成委託。

林保持一定距離，尾隨在薩利姆身後。

……好無聊。

馬場在病床上躺成大字形，迷迷糊糊地望著天花板，大大嘆一口氣。

今天沒有人來探病。剛住院的那陣子，豚骨拉麵團的隊友們幾乎每天都會來看他。大家都很忙嗎？馬場感受到一抹寂寞，翻了個身。

不能工作，也不能打棒球，無事可做，閒得發慌。如果退休，每天都得過這種生活嗎？光是想像，馬場就渾身發毛。

在醫院裡散散步，消磨時間吧——馬場心念一動，離開單人房。

當他走在走廊上時，遇上一個認識的女人向他打招呼

「哎呀，你好。」

那是住在隔壁單人病房的病患的母親。

「您好，五十嵐太太。」馬場也停下腳步，笑著回話：「今天也來探病？」

五十嵐太太幾乎每天都會來病房，每次見到馬場就會分些伴手禮給他。

「是啊。」她點點頭，又喃喃說：「我希望那孩子醒來時，有人陪在他身邊。」

馬場知道她的兒子成了植物人。大嘴巴的醫護人員和長期住院的病患，常跟他說些醫院裡的各種八卦。

「哎，不過他搞不好嫌我煩呢。」

五十嵐太太垂下眉毛。

「不會的。」馬場搖了搖頭。「住院的時候難免覺得寂寞，只要有人來看我，我都很開心。家人常來探望自己，令郎一定也很高興。」

五十嵐家的母親和妹妹都常來醫院探病，足見病人有多麼受重視。聽了馬場這番話，五十嵐太太瞇起眼睛說了聲「謝謝」。

站著不方便說話，兩人索性在附近的沙發坐下來。馬場正好閒得發慌，便和她繼續聊天。

忙碌的醫生和護理師、拿著點滴走路的病患、帶著花束來探病的家屬，兩人一面望著來來往往的人們一面交談。

「馬場先生為什麼會住進這家醫院呢？我聽說是因為腹部受傷……」

聞言，馬場露出苦笑。

「嗯，沒錯。」

看來自己的八卦也傳開了。該怎麼回答，著實教人煩惱，總不能說是被殺手刺傷的。

「老實說，是因為我偷吃被女朋友抓到，肚子挨了一刀。」

聽了馬場的謊言，五十嵐太太瞪大眼睛。「哎呀呀！」

「後來和解了。」

五十嵐太太皺起眉頭說：「對方當然有錯，不過你也有不對的地方。」

「我在反省了。」

五十嵐太太興味盎然地問：「常來探望你的那個女孩是誰？女朋友？還是偷吃的對象？」

那個女孩——大概是指林吧。她似乎以為林是女性，馬場順著她的話接下去。

「那個女孩是我的妹妹。」

「哎呀，原來如此，真是個愛護哥哥的好女孩。」

五十嵐太太微微一笑。

「還比不上真澄。」這回換成馬場提問。「令郎呢？是發生意外嗎？」

「對，騎機車出了車禍。」

五十嵐太太回答，垂下了肩膀。

據她所言，兒子五十嵐壯真原本是不良少年，鮮少去上學，交了一堆壞朋友。不知道是不是因為看著這樣的哥哥長大之故，弟弟也過著同樣的生活。

她從包包裡拿出一張照片給馬場看。那是兒子和朋友高中時代的合照，三個身穿白色特攻服的男孩並肩而立。她說明：「站在兩邊的是我兒子，右邊是壯真，左邊是飛雄真，中間是壯真的好朋友。」

夾在壯真和飛雄真之間的少年引起馬場的注意……這張臉好像在哪裡看過？

「我是獨力撫養他們長大，可是老大和老二完全不聽我的話……那兩個孩子就愛調皮搗蛋。」

「男孩子都是這樣。」

「哎呀，馬場先生以前也這樣嗎？」

「我現在一樣調皮搗蛋。」

聽了馬場這句話，五十嵐太太放聲大笑。「難怪會挨刀子。」

聊了片刻以後，兩人結束話題，從沙發起身。

臨別之前，五十嵐太太喃喃說：

「啊，對了。」

她提著一個塑膠袋。只見她從袋中拿出一個黑色物體，遞給馬場。

「不嫌棄的話，這個給你吃。」

那是從超商買來的飯糰，內餡是明太子。

「你喜歡嗎？」

五十嵐太太微微地歪起頭問，馬場用力點頭。

「我最愛吃這個了。」

傍晚六點過後，一個男人從川端電話服務的公司大樓走出來。他身穿西裝、戴眼

鏡，長得和刊登在徵才網頁上的照片一模一樣，應該是這家公司的經理沒錯。

男人朝著這個方向快步走來。大和算準時機，拿出智慧型手機，一面用單手操作手機一面大搖大擺地走過去。他在沒看路的狀態下靠近對方，並且故意撞上去。

「啊，抱歉。」

大和道歉，男人一臉不悅地回答：「沒關係。」隨即快步離去，似乎沒有察覺到大和的目的。

大和就這麼經過公司前方，在盡頭的轉角拐彎。榎田正倚在電線桿上等他。

「拿去。」

大和將男人身上的東西遞給榎田。那是員工證，他撞上男人時順手摸來的。

一看到大和偷來的員工證，榎田便喜孜孜地說道：「真有你的。」

員工證上印著「川端電話服務　經理　後藤和之」字樣與男人的大頭照。

「你叫我偷這個做什麼？」

「這不僅是普通的員工證，還是帶有磁性的感應卡，沒有這個進不了公司。」

「你怎麼知道的？」

「我消息靈通啊。」

大和毛骨悚然。這小子該不會已經在那家公司裡裝了竊聽器吧？他確實有這等本領。

榎田用事先準備好的口罩遮住臉，並對大和說：

「好，走吧。」

兩人做好萬全的準備踏入大樓。一進大樓，正面就是兩台電梯。他們坐進其中一台，將偷來的員工證放到感應器前，只見電梯自行運作起來，緩緩下降。

電梯抵達地下一樓。光線照射不到的樓層一片昏暗，空空蕩蕩、鴉雀無聲。榎田宛若進出自家廚房般，大搖大擺地在走廊上前進，並走進某個房間。那個房間的房門上寫著「經理室」，裡頭有張桌子和電腦。

榎田立刻往椅子坐下，打開電腦。

「喂，你在幹嘛？」

大和一臉錯愕。

榎田一面喀噠喀噠地敲打鍵盤，一面悠哉地說道：「順便帶點檔案回家。」現在明明不是做這種事的時候，榎田卻不肯停下手指。對於這個身為駭客的男人而言，要破解電腦的密碼似乎是易如反掌，只見他立即找到保存在主機裡的重要機密，露出了賊笑。

「哦，有了、有了。祕密帳簿、顧客名單，還有過去僱用的員工名簿都還留著。順便把刪除的檔案也一併復原好了。」

榎田將隨身碟插進電腦裡，複製所有檔案。

「這個應該可以高價賣給搜查二課。」他一臉滿足地說。

複製完畢後，榎田從電腦拔出隨身碟，收進上衣口袋裡站了起來。

「現在沒時間玩了，得快點去找飛雄真。走吧。」

大和催促榎田。

兩人走出經理室時，榎田問道：

「欸，你有沒有聽到說話聲？」

大和豎起耳朵。經榎田一提，確實有說話聲。

「有人在嗎？」

他們循著聲音走去，看到一個房間，門口寫著「備品倉庫」。

「……就是這裡。」

他們輕輕打開門窺探裡頭，看見了兩個男人。

「啊。」

是熟面孔，其中一個就是他們在尋找的人。

「飛雄真！」大和呼喚他的名字。

「咦？健人大哥？你怎麼會——」

飛雄真似乎沒料到會有人來找他，一臉驚訝地瞪大眼睛。

而另一個男人竟然是齊藤。

「大和先生！榎田先生！」齊藤抓著兩人，淚眼汪汪地說：「你們果然來找我了！」

「不，並不是。」

「不，並沒有。」

兩人異口同聲地回答。

他們是為了尋找飛雄真而來到這家公司，沒想到竟會在這裡發現業餘棒球隊的隊友。他在這種地方做什麼？大和一臉驚訝，身旁的榎田卻是泰然自若。他該不會早就知道齊藤在這裡吧？是誰在藏私啊！大和暗自咂了下舌頭。

不知何故，齊藤和飛雄真正在用水桶浸泡文件。他們中斷工作，簡潔地說明來龍去脈：「這家公司在背地裡搞詐騙，我們還是小卒，所以被軟禁起來打雜。」

榎田詢問：「你看過這三個人嗎？」並拿出照片給飛雄真看。見了三名被害人的長相，飛雄真倒抽一口氣。他似乎認得他們。

「是同事。」飛雄真點了點頭。「他們本來都在這裡工作，可是不知不覺間全都消失了……」

根據飛雄真所言，分發到這個部門的員工，包含經理後藤和之在內共有十四人，加上新人齊藤就是十五人。其他員工早就下班了，但飛雄真和齊藤正在進行新人研習，必須住在這裡。

「話說回來，你們是怎麼進來的？這層樓應該只有上司和前輩能夠出入。」

面對後輩的問題——

「我跟你們上司借了鑰匙。」大和揚了揚從員工身上偷來的磁卡回答。「快逃吧，真澄很擔心你。」

無論如何，幸好要找的人平安無事，這下子可以向真澄報告好消息了。大和鬆一口氣。

大和帶著齊藤和飛雄真快步通過走廊。按下按鈕以後，四人一起等待電梯下降。

「啊，對了，榎田先生。」齊藤突然說：「你在我的員工證裡放了『那個』吧？」

聞言，榎田笑道：「……啊，你發現了？」

所謂的「那個」，指的應該是榎田的營生工具之一吧。這個男人似乎神不知鬼不覺地將竊聽發訊器裝到齊藤身上。

「你知道這家公司有問題吧？為什麼不跟我說？」

齊藤發出可憐兮兮的聲音，榎田只是一笑置之。

「我看你找到工作那麼開心，不好意思潑你冷水。」

「你根本不是這麼想的！」

齊藤如此大叫的下一瞬間，電梯抵達，門開了。四人正要踏進電梯，又猛然停住腳步。

電梯裡有個男人，是個身穿藍色連身工作服的外國人，脖子上掛著身分證，似乎是這棟大樓的清潔工。

大和暗自焦急。雖然榎田表現得若無其事，其餘兩人卻是一副緊張兮兮的模樣。

總之，現在只能裝成內部人士蒙混過去。

正當大和要開口說「辛苦了」──

「別動。」

男人拔出槍來，指著他們。

六局下

薩利姆接到委託，是在剛完成打掃工作、回到住處的時候。

通話對象是名叫後藤的男人。

雇主的老大高山涉足多種事業，將其中之一——以公司行號為掩護的詐騙集團交給後藤經營。

根據後藤所言，這個部門似乎有人不安分。某個名叫五十嵐的新進員工偷偷潛入經理室，鬼鬼祟祟的模樣全被房裡的監視器拍下來。五十嵐拿回手機使用，很可能是為了向外界求援。危險分子盡早剷除為宜，是他的一貫方針。

『把五十嵐飛雄真綁走，逼他招供。之後你可以用老方法處置他。』

後藤如此下令。

「是，知道了，我立刻過去。」

薩利姆回答，掛斷了電話。

隨後，手機收到員工名簿的資料，其中詳細記載五十嵐的個人檔案。這個男人現在還在研習，住在公司裡。薩利姆把手槍藏在懷中，並將備用的彈匣放進連身工作服的口袋，開車前往現場。

川端電話服務的公司大樓是位於中洲川端站附近的五層樓建築，薩利姆平時擔任這棟大樓的清潔工，在殺手工作之餘獨力打掃所有樓層。他裝作不懂日語是為了讓員工放下戒心，以便偷聽他們談話。雇主要他一發現可能背叛的人就立刻告密。

薩利姆走進大樓、搭上電梯，將配給的磁卡放到感應器前，電梯隨即往地下一樓下降。

門一開，薩利姆吃了一驚。電梯前的走廊上站著四個男人，其中兩人身穿西裝，似乎是公司的員工。一人是五十嵐，另一人是最近剛進公司的新人齊藤。

另外兩個是從未見過的男人，由於被口罩遮住，看不到臉孔，但兩人的髮型都相當花俏，鐵定不是這家公司的人。不過，這層樓禁止外人進出，他們是怎麼進來的？是什麼來頭？薩利姆一頭霧水。

四人似乎打算搭乘電梯，看見突然自電梯現身的薩利姆，表情全都僵住。

「別動。」

薩利姆立刻拔出手槍。齊藤大吃一驚，發出尖叫：「呃啊！」

「……來得比預料中更早。」

白金香菇頭舉起雙手說道。聽他的口氣，彷彿早已掌握薩利姆的一舉一動。

薩利姆舉槍走出電梯，他每踏出一步，四人便戰戰兢兢地往後退一步。薩利姆把他們逼到走廊盡頭，背後是死路，已經無路可逃。

「你們是誰？」

薩利姆打量兩個外人，如此質問。然而，他們依然保持沉默。無論如何，他們已看見這層樓，不能留他們活口。

「哎，也罷。留著你們也沒有用處，受死吧。」

聽了薩利姆這句話，兩個男人對望一眼。

——好，該從誰先殺起？

在薩利姆用手指扣住扳機的瞬間——

「飛雄真、齊藤，對不起。」

牛郎模樣的男人喃喃說道。

接著，香菇頭也開口：「先說聲抱歉。」

——對不起？先說聲抱歉？什麼意思？他們是為了什麼事情道歉？未能成功救出另外兩人？還是出師未捷身先死？

薩利姆內心歪頭納悶，瞄準香菇頭。

在薩利姆即將扣下扳機的那一瞬間，牛郎動了。他挺身衝撞薩利姆，槍口因此偏移，子彈完全射歪。

趁著薩利姆重整陣腳之際，兩人拔腿就跑，穿過薩利姆的兩側。

別想逃！薩利姆回身扣下扳機，接連開槍。他瞄準兩人的背部，但是子彈並未打中。這兩個小子跑得真快。

不知不覺間，子彈射完了。薩利姆打算補充子彈，手伸入口袋中一摸，才發現一件事。

——子彈不見了。

備用的彈匣明明放在連身工作服的後口袋裡，這是怎麼回事？就在薩利姆混亂之際，那兩人搭上了電梯。連按「關閉」鍵的聲音傳來，厚重的電梯門眼看著就要闔上，薩利姆連忙追趕，但為時已晚。

在門闔上的前一秒，牛郎露出賊笑。只見他的手上握著手槍的彈匣，朝著薩利姆揮舞，彷彿在炫耀一般。

他是什麼時候偷走的？薩利姆瞪大眼睛。莫非他在撞上自己的那一瞬間，便從口袋中摸走備用彈匣？

「怎麼這樣！」

齊藤在背後叫道，被留下的兩名員工抱住腦袋。薩利姆終於明白剛才那些話的意思。「對不起」、「先說聲抱歉」──原來是要用這招啊。

從他們俐落的身手、臨機應變的機智和臨危不亂的膽識，可以看出這兩人非比尋常。輕易拋棄同伴的果斷態度，也令身為敵人的薩利姆激賞。薩利姆不禁再次暗忖，他們到底是什麼來頭？算了，只要問這兩個小子就知道。他把視線移向五十嵐和齊藤。

薩利姆丟掉子彈用盡的手槍，拿出電擊槍。快點弄暈他們，載到別處慢慢拷問吧。

七局上

——為何我的人生老是面臨九死一生的危機？

齊藤如此暗想。他已經突破恐懼，來到無奈的境地。

榎田與大和前來搭救時（其實並不是來救他），他原本以為終於可以逃出生天而鬆了口氣。其實自己很走運，這次又逃過一劫。

然而，事情並沒有這麼簡單。一被敵人發現，那兩人就拋下自己逃之夭夭。真教人難以置信，怎麼會有這麼薄情的人？齊藤不禁淚眼婆娑。

話說回來，他們逃得真快，不愧是隊上引以為傲的一、二棒，齊藤甚至有些佩服。

說歸說，現在不是悠哉佩服的時候。齊藤完全沒有清潔工對自己使用電擊槍之後的記憶，似乎是昏倒了，當他醒來時，已經換了個地點。

這裡究竟是哪裡？齊藤環顧四周。似乎是某個出租辦公室，但房裡空無一物，所有窗戶的百葉窗都是放下來的，無法確認外頭的景色。

「五十嵐先生、五十嵐先生。」

齊藤和五十嵐背對背，被綁在空辦公室的正中央，動彈不得。齊藤呼喚背後的前輩，隨即傳來蠢動的氣息。

「……啊，咦？怪了。」

五十嵐似乎也醒了，發出困惑的聲音。

「這裡是哪裡？」

「不知道。」

齊藤回答。不過，想必是那幫人的根據地之一。

五十嵐突然哭哭啼啼起來。

「……我們也會被殺掉的，就像江口前輩那樣。」

雖然不認識江口前輩，也不知道他遇上什麼事，不過再這樣下去，他們鐵定會落到同樣的下場。

「不能死心。」齊藤一臉嚴肅，像是在說服自己似地反覆說道：「不到九局下半三人出局，絕不能死心。」

「齊藤先生……」

「因為在比賽結束之前，沒人知道會鹿死誰手。」

齊藤扭動身子、搖來晃去，試圖鬆開捆綁雙手的束帶。

「齊藤先生，你為什麼這麼冷靜？我們就快被殺掉了耶。」背後的五十嵐詢問。

齊藤並不冷靜，他其實很焦急也很害怕。不過，就算哭喊呼救，也無法解決任何問題。這一年來齊藤學會了一個道理：若不採取行動，狀況就不會改變。

「這不是我第一次差點被殺掉。」齊藤面露苦笑，「不管是什麼事，人都能適應。」

總之，現在只能盡人事、聽天命。

「先逃離這裡吧，五十嵐先生。」

齊藤堅定地說道。就在這時候，房門開了，那個清潔工走進來。齊藤忍不住尖叫。

「想逃只是白費功夫。」

清潔工舉起手槍，將槍口對準五十嵐的腦袋。

「回答我的問題。」他威脅道：「你之前偷偷溜進了經理室吧？」

「你、你在說什麼？」

「裝蒜也沒用，監視器把你在房間裡翻箱倒櫃的模樣全都拍下來了。」

聞言，五十嵐「啊」了一聲。

「你做了什麼事？求救嗎？」

「沒、沒有。」五十嵐猛烈搖頭。「我什麼也沒做！只是想滑手機、玩手遊而已！可是，收不到訊號——」

只見清潔工改將槍口指向齊藤。「不老實回答，我就殺了這小子。」

清潔工的這句話讓齊藤臉色發青。「……咦？我？」

「無辜的人因你而死，你也不在乎嗎？」

「真的！請相信我！我什麼也沒做！」

「那剛才的雙人組又是怎麼回事？是你叫他們來救你的吧？」

「不是！我什麼也不知道！」

「是嗎？真遺憾……」

清潔工喃喃說道，手指扣住扳機。

「這次的新人一樣愛說謊。」

噫！齊藤發出尖叫聲。大事不妙，這下子糟了，會被殺掉。可是，他束手無策，看來只能死心。齊藤用力閉上眼睛，繃緊身子。

就在這時候，房門突然猛然開啟，清潔工大吃一驚，連忙回頭查看。

有人走進房內。

「嗨，打擾了。」

高跟鞋的聲音響徹鴉雀無聲的空間。原本以為是女人，但是仔細一看，雖然外貌看似女人，其實是個男人。看見熟悉的面孔，齊藤吁了口氣，放鬆身子。

清潔工質問：「你是誰？」

「殺手。」

縱使被手槍指著，林憲明依然露出無畏的笑容。

「懺悔吧！私接的混蛋。」

「──欸，你們怎麼會從這裡跑出來？」

衝出川端電話服務的正門以後，等著大和及榎田兩人的是意料之外的人物。

林憲明，業餘棒球隊的隊友，同時是殺手。

這是我的台詞──大和暗想，今天老是遇到熟人。不過，現在沒時間慢慢聊天。

「有話待會兒再說。」

「快逃吧。」

「喂，等、等一下！我要進去裡面──」

說不定會有同夥聞風趕來，現在還是撤退為宜。大和與榎田帶著林離開大樓。大和並不是要捨棄齊藤他們。那個清潔工說過：「留著『你們』也沒有用處，受死吧。」換句話說，飛雄真和齊藤兩人還有用，暫時不會被殺。之所以決定暫且撤退，也是為了利用剩下的時間重新擬定策略。

既然要逃，就要逃到人多的地方才安全。三人回到車站，走進蓋茲大樓的咖啡廳。一往四人座桌位坐下，榎田便立刻拿出電腦，而大和與林則是分別在他的身旁和對側坐下來。

「……我還在工作耶。」林一臉不悅地喝了口豆奶拿鐵。「快說明是怎麼一回事。」

率先開口的是榎田。

「那家叫做川端電話服務的公司是半灰經營的門面企業，用來掩護詐騙。」

「我們因為某些理由在查探那家公司。」大和補充說明。「入內調查以後，出了一點狀況。」

潛入公司時撞見敵人，慌慌張張地逃出來，正好遇上林——大和簡潔地說明來龍去脈之後，反問：「你呢？你去那家公司做什麼？」

「老爺子的委託，要我修理一個外國殺手。」

根據林所言，那個清潔工名叫薩利姆，是孟加拉人，原本是源造旗下的殺手之一。

「啊！」大和想起來了。「就是那個私接的傢伙？」

這麼一提，他們之前在攤車談的就是這件事。當時大和正好也在場。

「我一路跟到這裡，卻因為你們的關係跟丟了。」

林氣呼呼地說道。

「你沒跟丟，正好相反。」

榎田面露賊笑，望著電腦畫面說道。

「那個殺手現在好像是坐在車子上。」

「你在薩利姆身上裝了發訊器？」

面對林的問題，榎田含糊地回答：「哎，意思差不多。」正確說來，他是裝在齊藤身上，而不是薩利姆，不過薩利姆綁走了齊藤，意思一樣。

「他們正往天神方向前進。」

「我這就過去，待會兒把他們的位置傳給我。」

林站了起來。

「喂，林。」大和叫住他。「我有事要拜託你。」

聽到這句話，林瞪大眼睛。「真稀奇。」

「我從前的後輩被那個叫做薩利姆的傢伙抓住了，拜託你順便救他。」

只見林揚起嘴角說：「很貴喔。」他轉過身，離開蓋茲大樓。

「哎呀，太好了。」

目送林的背影離去之後，榎田說道。

「多虧林老弟，那兩人應該有救了。」

「嗯。」

大和點頭。交給林，就不必擔心。

「我可以向真澄報告好消息了。」

「你的工作也結束了。」

榎田說道，忙不迭地敲打鍵盤。大和從旁窺探畫面。榎田似乎是在確認偷來的檔案內容。宮脇惠一、中津彰、江口順平——這三人的資料也在檔案裡。

「這三個人的檔案都已從電腦裡刪除，他們的死和那家公司鐵定有關係。八成是派那個叫做薩利姆的殺手殺掉的吧。」

「而且還搞私接這種小家子氣的事。」

重松委託榎田的工作，是調查三件失蹤案的線索，只要向重松報告事發經過，應該就足以交差。

「你的工作也結束了。」

大和回以同樣的話語，榎田卻笑道：「不見得。」他從背包裡拿出一疊紙，似乎是某種資料。

「那是什麼？」

「詐騙被害人的資料。次郎大哥委託我的。」

「復仇啊？」

榎田點了點頭。「所有委託復仇的詐騙被害人姓名都列在剛才偷來的檔案裡的顧客名簿上，而且每個人的受騙金額都和祕密帳簿的數字完全符合。很巧吧？」

這不可能只是巧合，大和聽出榎田的言下之意。換句話說，復仇專家的目標就是那家川端電話服務的高層。

不過，這件事與大和無關，他只要能夠救出昔日好友的弟弟就夠了。

「哦，是嗎？」

大和冷淡地喃喃說道。

「那我先回去了。」

他站了起來，榎田卻抓住他的上衣衣襬。

「等一下。」

「啊？」

「都坐上同一艘船了，就堅持到最後吧。」

榎田樂不可支地說道，指著自己的耳朵。他的左耳上戴著無線耳機。

「多虧你偷放的那個玩意兒，我聽到很有趣的消息。」

那個玩意兒——經榎田一說，大和才想起從川端電話服務的大樓走出來的那個名叫後藤的員工。大和從他的口袋裡扒走員工證時，順便放進紅背蜘蛛型竊聽發訊器。這也是榎田的指示。

多虧大和偷放的發訊器，那幫人的所在位置盡在掌握之中。換句話說，這下子可以協助復仇專家報仇了。莫非榎田預料到這一點，才下了那道指令？若是如此，這個男人實在太可怕。

說歸說，大和沒有義務協助榎田的委託。他甩開榎田的手臂。

「接下來不是我的工作。」

「這樣好嗎？」

榎田露出賊笑。

「你要是不幫忙，我會到處散布這張照片喔。」

說著，他揚了揚列印出來的大和照片。是那張飆車族時代的照片，身穿特攻服的大和蹲在改造過的機車前，惡狠狠地瞪著鏡頭。剛才明明只有一張，不知不覺間竟然增加到近十張。

「啥！」大和一臉愕然，揪住榎田的胸口。「你竟然拿去加洗！快拿來！」

大和一把搶過所有照片，揉成一團。

「沒關係，反正照片檔案存在隨身碟裡。」

聽了榎田這句話，大和垂下肩膀。居然還存檔？這傢伙準備得真周到。

「如何？改變主意了嗎？」

榎田望著大和的臉龐。這顆臭香菇頭。雖然懊惱，但大和只能回瞪他那張可恨的得意臉孔。

大和不情不願地往沙發坐下。

「你打算怎麼做？」

「直搗黃龍。」

「啊？」

聽了這番意料之外的發言，大和不禁皺起眉頭。和目標正面對決，不像是這個男人的作風。他有什麼計策嗎？

榎田瞥了被揉成一團的照片一眼，調侃道：「昔日的熱血又沸騰了吧？」

今天榎田的情報依然正確。林追蹤GPS來到天神的某棟出租大樓，目標男子果然就在其中一室裡。

林得意洋洋地說出連續劇的招牌台詞，踏出一步。薩利姆還來不及重新舉起槍，林便迅速拉近距離，以一記迴旋踢踢掉手槍。

「懺悔吧！私接的混蛋。」

換作平時，林會立刻下殺手，但源造的委託是「給他一點教訓」。林進入肉搏戰，將拳頭架在面前，接二連三地出招攻擊。他朝著對手的臉部輕快地打出刺拳，薩利姆立即往後退。

薩利姆高頭大馬，看起來力量十足，但動作也相對緩慢。林一面閃避對手的攻擊，一面鑽進薩利姆懷中，朝著下巴狠狠地使出上鉤拳，並趁著敵人亂了陣腳時繼續進攻。林的拳頭打中左臉頰，薩利姆搖搖晃晃，倚倒在牆邊。

輕微腦震盪的薩利姆踩著踉蹌的腳步衝上前來。林旋身躲過，一腳踢向空隙畢露的背部，薩利姆跪了下來。

林抓準薩利姆起身的瞬間，踏出右腳高高躍起，在空中一個扭身，用腳背攻擊對手的臉部。強烈的迴旋踢襲向薩利姆，他的頭部撞上牆壁，身子也當場軟倒伏地。

林抓住他的腦袋，並對眼神空洞的男人提出忠告。

「以後不准再私接。沒有下次了。」

薩利姆有沒有聽見，不得而知，因為他已經意識朦朧。但林不管三七二十一，用拳頭給他的臉孔最後一擊。薩利姆倒在地板上動也不動，似乎昏過去了。

教訓得如此徹底，源造應該滿意了，薩利姆應該也學乖了。工作完成，林吁了口氣。這時候……

「林先生！」

突然有道可憐兮兮的聲音呼喚自己的名字。

回頭一看，是淚眼汪汪的齊藤。他似乎被綁住，動彈不得。

林剛才完全沒發現。他怎麼會在這裡？林一臉錯愕，齊藤則是用感動不已的聲音說道：「太好了！你是來救我的吧？」

「不，不是。」

林要救的不是齊藤。仔細一看，除了齊藤以外，還有另一個男人被綁著，那是個身穿西裝的年輕男子。

「你就是五十嵐飛雄真？」

林詢問，那個男人點頭如搗蒜。

「大和拜託我救你。」

林拿出他的武器匕首，解開綁住兩人的繩子，並割斷束帶。「謝謝！」兩人撫摸手腕，鬆了口氣。

林走向倒地的薩利姆，摸索他的衣服口袋。口袋裡裝著皮夾和智慧型手機。「這是罰款。」說著，林從皮夾裡拿走萬圓鈔。

接著，他檢查薩利姆的手機。從通話紀錄看來，他和好幾個人通過電話，其中之一很可能就是薩利姆的雇主。

——每個都打打看吧。

林從手機裡挑了一個號碼，撥打電話。

七局下

「——怎麼這麼晚還沒報告？」

派薩利姆前往公司大樓至今，已經過了三個多小時，卻還沒有接到聯絡，令高山滿心狐疑。

高山三人一如往常，聚集在「club.LOGA」裡。換作平時，他們會開香檳乾杯，慶祝當天的獲利，但現在發生不容他們這麼做的事態。

根據後藤的報告，川端電話服務的新人偷偷溜進經理室，搞不好是打算向警察告密。後藤命令薩利姆拷問那個叫做五十嵐的員工，現在該收到報告了，但薩利姆至今仍然音訊全無。

「打電話問問吧？」

後藤說道。

「不，再等一會兒。」

就在高山如此回答之際，薩利姆的手機來電了。

高山按下通話鍵問道：「怎麼這麼晚？」

『——啊，喂？』

回話的是陌生的聲音。雖然是薩利姆的手機，打電話來的卻不是薩利姆。

高山有種不祥的預感。

『你就是這傢伙的委託人？』

高山露出明顯的警戒之色，低聲反問：

「你是誰？」

『殺手。』

聞言，高山倒抽一口氣。他的預感成真了。

『你知道自己幹了什麼好事吧？』

聽到這個問題，高山皺起眉頭。他幹的事可多了，對方是指哪一件？詐騙？經營違法色情店？還是剝皮酒吧？被盯上的理由太多，他難以判斷。

『我的雇主很生氣，要我跟你把帳算清楚。』

高山靈光一閃，該不會是……

算帳——莫非是怜音那件事？

——乃萬組的少頭目很火大，說要把這筆帳算清楚。你們要是被他找到，下場一定很淒慘。

怜音這麼說過。

「我不知道你在說什麼。」

『別裝蒜。』

那個男人欺騙少頭目的女兒，被乃萬組痛毆一頓做為懲戒。聽說現在乃萬組正在尋找主謀高山等人。

『下次就輪到你們了，把脖子洗乾淨等著吧。』

說完，對方掛斷電話。

高山深深地吐了口氣。

「怎麼回事？」後藤皺起眉頭，「你的臉色很難看。」

「誰打來的？」屋島問。

「不是薩利姆。」高山回答：「是殺手，八成是乃萬組僱來的。」

後藤臉色大變。「這下子可糟了。」

「他要我們把脖子洗乾淨等著。」

電話是用薩利姆的手機打來的，代表薩利姆或許已經被殺；也有可能是被抓去拷問，將高山等人的情報全都招出來。若是如此，乃萬組不久後就會找上門來。大事不妙，高山與後藤的臉色不約而同地沉下來。

唯獨屋島一個人不以為然。

「過氣的流氓竟然敢這麼囂張。要來就來啊，流氓沒什麼好怕的，我們也可以撂人打回去。」

「你活在哪個時代啊？白痴。」

見屋島張牙舞爪的模樣，高山嘆了口氣。

和扛著鐵棒或金屬球棒、看誰不順眼就闖進對方學校裡打人的那些年相比，屋島的性格似乎一點也沒變。當飆車族的時候，這樣或許無妨，但是現在可就不然。正面對抗只是浪費時間與勞力而已。

「搞什麼，難道要夾著尾巴逃跑嗎？」

不過，屋島說得也有道理。黑道受人畏懼的時代已經結束了。掃黑行動越來越積極，黑道的勢力逐漸弱化，靠著砸店、火拼等武力手段壓制對手的落伍集團已經瀕臨滅絕。現在這個時代需要的是頭腦，無論是半灰或流氓，只有聰明人才能獲得最後的勝利。

「乃萬組斷了我們的財源，這個仇一定要報。」

屋島管理的高級酒吧被迫臨時休業，令他憤懣不已。高山也不是個打不還手的人。

誰欺我一寸，我就還他一尺——不死鳥時代的規矩至今仍然深植心中。

說到財源，聽說乃萬組的岸原在走私金塊。高山立刻撥打電話。

『喂？』

對方馬上接聽。

「是我。」

『啊，您好。』

通話對象是怜音。

「IC晶片的問題解決了嗎？」

『是，託您的福，已經動手術拿出來了。』

「那就好。」

高山改變話題。

「乃萬組的金塊那件事進展得怎麼樣？」

『對了、對了，我正想聯絡您，聽愛梨說明天就要交易了。』

根據怜音的情報，託運業者即將抵達福岡。他們走私的是總價五億圓以上的金塊。

「利用那個女人問出交易地點和時間。」

高山對怜音如此下令後，便掛斷電話。

「我們去把乃萬組的金塊搶過來。」

聽了這句話，屋島喜孜孜地回答：「這樣才對嘛。」

八局上

「——欸，等等，讓我整理一下狀況。」

次郎伸手以手掌對著大和等人，打斷話頭。

當天晚上，大和與榎田造訪「Bar.Babylon」，說明事情的經過及今後的計畫。

從吧檯座的最右側起，分別坐著馬丁內斯、榎田、大和與林。店裡沒有其他客人，門上掛著「今日包場」的牌子。

「換句話說……」次郎在吧檯裡反芻，「榎田調查失蹤案，而大和在找失蹤的朋友。」

「對。」

大和回答。

「然後幕後主使者是川端電話服務這家公司的高層。」

「沒錯。」

這回是榎田點了點頭。

「而那家公司僱用的殺手是林的目標？」

「就是這樣。」最後回答的是林。「我也很驚訝。」

「真的好巧喔。」

次郎調製飲料，瞪大了眼睛。

「接下來才是正題。」

榎田說道。

「哎呀，還有嗎？我已經飽了。」

「我們潛進那家公司，偷走機密檔案，查看顧客名簿和祕密帳簿以後，發現和復仇專家的委託人姓名及受騙金額完全吻合。」

「哎呀，真的嗎？」

次郎摀著嘴巴，大吃一驚。

「這麼說來……」馬丁內斯插嘴說道：「只要把錢從那家公司的人手上搶回來，復仇委託就達成了。」

榎田已經查出主謀是半灰三人組。大和偷偷裝上的竊聽器似乎派上用場。從偷聽到的對話得知，除了那個叫做後藤的員工以外，還有一個帶頭的高山，以及一個名叫屋島的手下。

「話說回來，為什麼你們也在這裡？」

馬丁內斯歪頭看著林與大和。

「我是因為老爺子的委託。」

林接下的委託內容不只是教訓私接工作的薩利姆，還得讓委託人支付罰款。必須讓僱用殺手的半灰把該付的錢付清。

「我的目標和你們一樣，一起聯手吧。」

「我……」大和開口，瞥了身旁的男人一眼。「是被這小子逼來的。」

聞言，馬丁內斯露出調侃的笑容。

「怎麼，你有把柄落在他手上啊？」

他說得一點也沒錯，大和無言以對。

「我很感謝大家幫忙，不過……」次郎盤起手臂沉吟。「問題在於該怎麼實行。」

「關於這一點，我有個主意。」

榎田說道。

「你打算怎麼做？」

「直搗黃龍。」

聽了榎田的話語，大家都皺起眉頭。

「啊？直搗黃龍？」

「沒錯。」

「誰去？」

「大家一起去。」

「大家？」

「對，在場的所有人。」

到底是什麼意思？眾人面面相覷，大和聳了聳肩說道：「就是我們接下來全都得陪這小子玩遊戲的意思。」

「我想請大家準備一些東西。」榎田不管三七二十一，繼續說道：「次郎大哥，請替所有人準備西裝和墨鏡。」

眾人越發不解，歪頭納悶。

「哦，好。」次郎雖然困惑，還是點了點頭。「我知道了。」

「林老弟準備手提箱和可以充當武器的東西。手提箱多準備一些，尺寸挑大一點的。」

「要哪種武器？」

「交給你決定，只要可以用來威脅就行。」

「了解。」

林點了點頭。

「也需要交通工具，你去借車吧。」榎田命令大和。「最好是高級車，黑道坐的那種。」

大和聳了聳肩。「……別說得那麼簡單。」

「我要做什麼？」

馬丁內斯詢問。

「我要請馬丁大哥聯絡某個人。」

榎田面露賊笑。

八局下

四個拖著行李箱的男人，並肩走在行人稀少的小巷裡，似乎是要前往位於中洲的銀樓。怜音的情報正確無誤。

聽說每個行李箱中都裝了約二十五公斤的金塊，四人合計就是一百公斤。根據怜音向岸原的女兒打聽來的情報，乃萬組預定是今天向託運業者領取金塊，並於中午前往銀樓。

「準備好了嗎？」

高山問道。

「嗯。」

「隨時可以行動。」

副駕駛座上的後藤和後座上的屋島一面罩上頭套，一面點頭。

車子緩緩開動，挨著四人停下來後，高山等人隨即衝下車。

「你、你們想做什麼——」

高山等人包圍一臉困惑的男人們。

後藤和屋島拿起催淚噴霧劑，朝著四人的臉部噴射，並將痛苦掙扎的男人一個個踹倒，爭取時間。面對出其不意的襲擊，乃萬組的人一瞬間便陷入混亂。

高山趁機將行李箱放上休旅車。

「快上車！」

裝車完畢後，高山叫道。

三人再度坐進車裡，發動車子。接下來只要逃走即可，高山用力踩下油門。

「——沒想到會這麼順利。」

之後，三人回到充當根據地的出租店面「club.LOCA」。屋島將金條堆放在雅座的桌面上，哈哈大笑。

「一開始就該這麼做了。靠騙人慢慢賺錢，活像傻子。」

奪來的金塊總重量為一百公斤，一張桌子根本放不下。

後藤敲打計算機。「以現在的金價換算，大概是五億七千萬圓。」

聞言，屋島發出歡呼。「來乾杯吧！」他從冰箱裡拿出香檳。

現在乃萬組的人一定滿肚子火吧。報仇成功，高山暗自竊笑。

這時候，高山的視線不經意地轉向監視器畫面。設置在門口、拍攝道路方向的影像中，閃過一個男人的身影。似乎有人來了。

那是個牛郎樣貌的男人，是怜音。

走進店裡的怜音一看到成堆的金塊，便興奮地說道：「哦！成功了啊！」

「你來幹嘛？」

屋島皺起眉頭。

「真過分，也不想想是託誰的福才賺到這些錢。」

怜音的口吻彷彿完全忘記自己闖下的禍。

這傢伙臉皮真厚，高山嘆了口氣。

他知道怜音來這裡的理由，八成是來要錢的。

高山打開收銀櫃檯裡的金庫，遞給怜音幾捆鈔票。

「喏，這是情報費。」

既然價值五億七千萬圓的金塊到手，付個幾百萬不痛不癢。

「謝啦！」

就在怜音低頭致謝並打算離去時，監視器畫面又有新的動靜。只見一輛陌生的暗色車窗賓士停在店門前，幾個身穿西裝的男人下車。

「喂，有人來了。」

當他如此大叫時已經太遲，男人們闖入了店內。

隨後——

「全都別動。」

男人們舉起手槍，指著高山等人。

轉眼間就被包圍了。

入侵者共有五人——穿著黑襯衫加黑西裝的瘦長男子，穿著花俏襯衫的黑人大漢，兩個梳油頭的矮小金髮男子，還有一個長髮男子。他們全都戴著墨鏡，看不清長相。

怜音突然叫道：

「他是乃萬組的手下！」

他指著褐色皮膚的大漢，慌張失措地叫道。

「錯不了！就是他拷問我的！」

男人並未否定怜音的話語，而是歪起嘴唇說：

「嗯，多謝你當時的配合。」

這麼說來，這些傢伙是乃萬組的人？

高山皺起眉頭。他原以為乃萬組尚未掌握他們的行蹤。他一直小心謹慎，不讓根據地的位置曝光；為了預防行李箱裝有GPS，他還在途中更換過箱子，車牌也是假的。

——已經這麼小心了，為什麼？他們是怎麼找上這裡的？

任憑高山想破腦袋，也想不出答案。他完全不知道自己是在哪個環節出錯。

「你們這次捅到馬蜂窩了。」帶頭的瘦長男子用手槍指著地板。「雙手舉起來，全都給我坐下。」

高山等人乖乖遵從他的命令，就地並肩正座。

然而，只有屋島拒不從命。高山叫道：「住手！」但為時已晚。屋島站了起來，一面大吼一面衝向瘦長男子。

瞬間，長髮男子迅速地動了，他擋在屋島面前，隨後一道哀號響起：「呃啊！」男人的手上握著一把小匕首，劃傷屋島的大腿。

「不是叫你坐下嗎？」長髮男子用充滿威嚇的聲音說道：「聽不懂人話啊？你是畜生嗎？啊？」

他身旁的黑人打趣：「就算是畜生，也會坐下啊。」

「好痛！混蛋，你居然來真的！」屋島躺在地板上大呼小叫：「我要宰了你！」

「這傢伙還真凶啊。」長髮男子聳了聳肩。「多給他幾刀讓他閉嘴好了。」

就在長髮男子朝著屋島再度揮落匕首之際，手機突然響了，他倏地停下動作。似乎是有人來電。

「偏偏挑在這種時候。」

男人咂了下舌頭，左手拿出手機放到耳邊。

「幹嘛？我現在很忙。」他不悅地回答。「我會把貨準備好。嗯，五百四十克，今天傍晚交易。別遲到啊。」

說著，男人掛斷電話。是毒品交易嗎？高山暗想。之前明明聽說乃萬組已經不做毒品生意了。

「好了。」男人將電話收進懷裡，帶入正題。「不想和這傢伙一樣見血的話，就乖乖聽話。」

「我們來做個交易吧。」

金髮男子開口提議。

「你們幹壞事賺來的錢都放在那個金庫裡吧？把所有錢都給我們。」

「啊？少開玩笑了，誰要——」

瘦長男子打斷反駁的屋島，「你不願意？」

「當然！」

「那就把你們綁走，送到岸原老大面前吧，跟他說就是這些傢伙搶走我們寶貴的商品。」

高山等人啞然無語。

若是這麼做，他們鐵定沒命。

「如果你們肯付慰問金，我可以這樣跟岸原老大說：『雖然金塊找回來，可是犯人逃走了。』」

「……你要放我們一條生路？」

「這個主意不壞吧？」

男人揚起嘴角。

換句話說，這些人打算瞞著岸原撈錢。

「好，快選吧。是要全部死在這裡？還是要付錢買命？」

男人這番話，令高山等人閉上嘴巴，腦中思索著擺脫這種狀況的計策。對手有五人，全都有武器；我方只有四人，手無寸鐵，其中一人還受了傷，無論是人數或武力都沒有勝算。要抱著沉甸甸的金塊和鈔票平安逃脫，可說是難如登天。

數秒以後，高山開口說道：

「……密碼是６３１４５２４３。」

他告知金庫的密碼之後，男人露出賊笑。

「真是個通情達理的頭頭。」

男人們立刻打開金庫，將裡頭的鈔票裝進手提箱裡。

接著……

「剛才說過要所有的錢吧？」

長髮男子說道。

「所有人都把皮夾交出來。」

被用槍指著，根本無法反抗。高山等人咂了下舌頭，將自己的皮夾扔給男人。男人從四個皮夾中抽出鈔票，收進自己懷中。

「以後別再招惹我們組了。」

五人組留下這句話以後，便帶著裝有金塊與現金的手提箱離去。

一切都發生在轉眼間。

短短二、三十分鐘內，價值五億七千萬圓的金塊和近一億圓的現金都被搶走了，這可不是一句「留得青山在，不怕沒柴燒」可以帶過的金額。

在鴉雀無聲的房間中，高山恨恨說道：

「混蛋！這種時候，薩利姆跑去哪裡？」

恢復意識時，薩利姆在空櫃位裡躺成大字形。

他抱著昏昏沉沉的腦袋，試圖掌握現況。他記得自己和那個活像女人的殺手戰鬥，最後昏倒了。

不知過了多久？薩利姆拿出手機確認時間，這才知道日期已經改變。

對了，他想起來了。

雇主的委託尚未完成。五十嵐逃走，齊藤也不見了，這是最壞的事態。若是他們跑去報警，那可就糟糕。他必須收拾危險分子，盡早完成工作。

薩利姆確認五十嵐飛雄真的檔案。這是雇主傳來的資料。他先到上頭記載的住址碰運氣，但是空無一人，五十嵐飛雄真或許是躲去其他地方。

根據資料，五十嵐飛雄真有母親、妹妹和住院中的哥哥，檔案裡也有醫院的地址。這個派得上用場，只要以家人為餌，引誘五十嵐飛雄真現身即可。

薩利姆按照資料前往醫院。

那是位於福岡市內的綜合醫院，五十嵐的哥哥住在四樓病房。五十嵐壯真——確認過名牌後，薩利姆走進病房。

一名年輕男子躺在病床上。他就是哥哥壯真？病情似乎很嚴重，身上接著好幾種醫療器材。薩利姆咂了下舌頭，這樣要把病人弄出醫院得花費好一番功夫。

就在他尋思該如何是好之際，有人來了。一個年輕女子走進病房。

「妳是壯真的妹妹嗎？」薩利姆詢問。

「對，沒錯……」

女人一臉訝異地凝視薩利姆，表情充滿警戒。

「您是哪位？」

「壯真的朋友。」

薩利姆暗想，就挑這個女人吧。

綁架妹妹，在病房裡留下字條，引五十嵐飛雄真出面。重要的家人被當成人質，那個男人應該就無法繼續東躲西藏。

「跟我走。」

薩利姆拉近距離，抓住女人的手臂。

「請、請放手。」

女人搖著頭，拚命甩開手臂，但是敵不過薩利姆的力氣。

「別吵，乖乖聽話。」

薩利姆低聲威脅。

「救命啊！」女人叫道：「來人啊！救救我！」

要是驚動別人可就糟了，薩利姆連忙用手掌摀住女人的嘴巴。

工作不順利，令薩利姆相當焦躁。他只想盡快完成委託，不惜使用粗暴的手段。

直接把她弄暈吧——薩利姆拿出電擊槍。

九局上

吃完午餐，馬場獨自在單人房裡嘆氣。

醫院的伙食早已吃膩了。菜色有益健康固然是好事，但是味道太淡，量又只夠八分飽，根本無法滿足馬場。好想用垃圾食物填飽肚皮——馬場如此暗想，咬了口蘋果。那是今天早上五十嵐家的母親分給他的，他最近過的都是依靠鄰人施捨果腹的日子。

今天職棒有日間的比賽。馬場打開病房裡的電視，轉到轉播棒球的頻道。例行賽已經結束，現在是季後賽期間。

馬場屏氣凝神地觀賞球賽。

四局下，鷹隊攻擊。明明是無人出局滿壘的大好機會，卻沒有得分。高飛球接殺加雙殺，三人出局換場。馬場忍不住發出焦躁的聲音：「哎呀，真是的！到底在幹啥呀！」隨即又想起自己身在醫院，暗自反省後壓低聲音嘀咕：「至少打個高飛犧牲打唄。」

「……好想快點出院。」

他在空蕩蕩的病房裡自言自語。在病房裡看球賽一點意思也沒有。既沒有豚骨口味的泡麵，也沒有最愛吃的明太子，更沒有在自己大呼小叫時出聲斥喝「吵死了！」的同居人。

馬場突然想起這麼一提，同居人答應自己要買明太子過來，卻一直沒有下文。是要等多久？馬場拿起手機，打電話給林。

『——幹嘛？』

不悅的聲音傳來。

「是我。」

『我現在很忙，有事快說。』

馬場暗自納悶。林的樣子不太對勁，聲音和平時不一樣，語氣也很嚴肅。

「你啥時才要買明太子過來呀？」

『別急。』林用充滿威嚇感的聲音說道：『我會把貨準備好。』

——貨？他在說啥？

馬場皺起眉頭。

……是在說明太子吧？

馬場一面歪頭納悶，一面確認：「無添加色素，小辣，家庭用？」

『嗯，五百四十克。』

「快點拿過來。」

『今天傍晚交易。別遲到啊。』

——交易？他在說啥？

牛頭不對馬嘴。

掛斷電話以後——

「……小林是吃錯藥了麼？」

馬場大惑不解。

「拜託小心點開，車子是我跟店裡後輩借來的。」

大和對坐進駕駛座的次郎說道。後座坐著大和、林及榎田三人，副駕駛座上則是馬丁內斯。

「呵呵，成功了。」

次郎瞇起眼睛。他拿掉墨鏡，踩下油門。

計畫發起人榎田昨晚是這麼指示的。

『我想請大家準備一些東西。』

西裝、墨鏡、手提箱、武器、高級車，眾人各自準備了榎田要求的物品。

西裝和墨鏡是用來裝扮成黑道分子。次郎穿得一身黑，馬丁內斯穿的是花俏的襯衫，大和、林與榎田則是款式樸素的黑西裝，一副小弟打扮。

高級車既是交通工具，同時是假冒黑道的小道具。他們總不能乘坐田中家的家庭用車闖進敵人的根據地，因此大和懇求最近剛獲客人贈送賓士車的後輩將愛車借給他使用一天。這是一輛閃閃發亮的新車，若是歸還時有任何損傷，搞不好會被要求鉅額賠償。

手提箱是用來裝從半灰手中搶來的錢，現在放在後車廂裡。

還有武器手槍。

「沒想到真的沒被發現。」

副駕駛座上的馬丁內斯舉起手槍，朝著車子天花板開槍。啪！隨著一道小小的破裂聲，假子彈從槍口飛出，隨後叫了聲「好痛！」的是坐在後座的榎田。反彈的子彈似乎打到他的頭。

由於榎田交代只要可以用來威脅就行，所以準備的手槍全是假貨，只是空氣槍。說歸說，被子彈打到還是會痛。

「欸，很危險耶。」

榎田癟起嘴巴。

「哦，抱歉。」馬丁內斯打趣道。「這麼一提，你今天沒戴安全帽。」

為了假扮成小混混，榎田將平時的蘑菇頭梳成油頭。

「沒東西可以保護頭部，很痛吧？」

「你沒資格說我。」

如此這般，冒充乃萬組的流氓，把錢從半灰手中搶回來的作戰完全成功了。

車子開了十幾分鐘以後抵達中洲，次郎暫且把賓士車停在附近的停車場裡，打開了後車廂。手提箱中塞滿近一億圓的鈔票。

「來分配酬勞吧。大家想要多少錢？」

次郎詢問。

「我有這些就夠了。」

說著，林拍了拍胸口。他懷裡的口袋裝著從那幫人的皮夾裡拿來的幾十萬圓。「有這些錢，老爺子應該滿意了。」

「我也不需要，有這些檔案就夠了。」榎田從口袋裡拿出隨身碟揚了揚。「把這個交給搜查二課，應該可以拿到不少酬勞。」

「真的沒關係嗎？剩下的全都會還給詐騙被害人喔。」

「嗯，隨便你。」

林留下這句話之後便離去。

接著……

「我也先走了，等一下要和重松大哥見面。拜拜。」

榎田轉過身。

「欸，香菇頭。」

聽大和呼喚，榎田停下腳步。

「──幹嘛？」

大和環住榎田的肩膀，湊近臉小聲詢問：

「……你答應過我，會把那張照片的檔案刪除吧？」

那張照片──大和飆車族時代的照片。榎田威脅大和若是不幫他，就要把照片散布出去。

然而……

「我有答應過嗎？」

榎田裝蒜。

「啊？別鬧了，我已經幫到最後了耶。」

「我只說過你不幫忙就散布出去，沒說過你幫忙就會刪掉檔案啊。」

聽了這番可恨的話語，大和青筋暴現。「你這混蛋！」他抓住榎田的胸口，用力搖晃。

「等等，你們怎麼吵起來啦？」次郎出面制止。

「拜拜～」

榎田揮了揮手，踩著輕快的腳步離去。大和凝視著他的背影，聳了聳肩。

「喂，大和。」

馬丁內斯突然呼喚他。

「幹嘛？」

「你剛才……」馬丁內斯歪頭問：「偷了什麼？」

王牌投手被打出五支全壘打，鷹隊陷入困境。非但如此，對手在一出局、一二壘有人的局面大膽進行雙盜壘，毫無防備的捕手讓兩名跑者輕易進壘，馬場的挫折感也達到最高點。

比數是七比一，鷹隊大幅落後。到了六局上半，分數差距還這麼大，要追回來可說是難上加難。球場裡的球迷情緒也相當低迷，隔著畫面亦能感受到不似主場比賽所有的冰冷氣氛。

看不下去了。馬場焦躁地拿起遙控器，打算關掉電視。

就在這時候，突然有道聲音傳來。

「……唔？」

馬場調低電視的音量，豎耳傾聽。

是年輕女子的聲音。

從隔壁病房傳來的。這家醫院的牆壁很薄，平時也能聽見附近的說話聲，但今天格外吵鬧。放手！住手！救命啊——馬場聽見這樣的叫聲。

這些字眼可不容忽視。

「是啥事呀？」

馬場皺起眉頭。

似乎發生了爭執。隔壁是五十嵐家兒子的病房，這聲音可是女兒真澄？

馬場感到擔心，前往隔壁病房。門開了數公分，馬場窺探房裡，只見有個身穿作業服、看起來像是清潔工的男人在房內。

那個男人架住了真澄。

他用手掌摀住真澄的嘴巴，從懷裡拿出某樣東西。是電擊槍。

「喂！你想幹啥！」

馬場忍不住衝進房裡，以身穿病人服的狀態使出一記迴旋踢，踢飛對方手中的電擊槍。

究竟是怎麼回事？馬場無法在一瞬間掌握狀況。他不知道這個男人是什麼來頭，也不知道男人為何襲擊五十嵐真澄，不過，打算用電擊槍電暈柔弱女子的人，鐵定不是什麼好東西。出手相助的理由已經很充分，因此他的身體在無意識間展開行動。

更何況馬場現在的心情十分鬱悶。支持的球隊輸得慘兮兮，讓他一肚子火。他正想大鬧一場。

放馬過來吧！馬場用指尖挑釁男人。

男人拋下真澄，衝向馬場。他似乎失去冷靜，一味從正面攻擊。馬場往後退，避開男人出的拳，待眼睛適應攻擊速度之後，便抓住對手的手臂，同時扭轉上身，反手給了男人的臉頰一拳。

清潔工模樣的男人輕輕地踉蹌幾步，吐了口帶血的口水，隨即再次攻向馬場。馬場朝著對手的肚子使出前踢，男人的身體猛然彈開，撞上背後的牆壁。馬場沒給他重整陣腳的時間，繼續進攻，活像打沙包似地連續毆打臉部和身體。

男人被打得落花流水，雙腿搖搖晃晃。馬場以壯真躺著的病床為踏腳台，高高躍起，在空中順勢旋轉，一腳踢向男人，給予最後一擊。男人的頭部結結實實地挨了馬場一腳，身體大大彈開，腦袋撞上牆壁，就這麼昏厥了。

馬場俯視倒在地板上的連身工作服男人，詢問真澄：

「這傢伙是誰？」

「……不、不曉得。」真澄一臉恍惚。「他說他是我哥的朋友……」

據真澄所言，她來病房探望哥哥時，這個男人已經在房裡。他抓住真澄的手臂說「跟我走」，真澄反抗，他便拿出了電擊槍。

接著，馬場及時出現，出手相助。

「謝謝您救了我。」

真澄低頭道謝。

「伯母一直對我很好。」馬場瞇起眼睛。「算是答謝她常分我東西吃。」

馬場立刻報警。遭馬場痛毆的男人在昏倒的狀態下被趕來的警察銬上了手銬，並用擔架搬走。

如此這般，事情解決了。雖然不知道那個男人究竟是誰、有何目的，不過警察應該會查明吧。幸好壯真和真澄都平安無事。

不過，發生了一件傷腦筋的事。一陣抽痛竄過。

「呀，痛痛痛。」

馬場摀著肚子在原地蹲下來。

「您沒事吧？」真澄一臉擔心地望著他的臉龐。

馬場擦拭額頭上的汗水，回以苦笑。

「沒事、沒事，只是久沒活動，動作太大了。」

從疼痛程度判斷，傷口或許裂開了，暫時回病房乖乖躺著吧。

但馬場回到自己的病房時，不禁瞪大眼睛。

開著沒關的電視棒球轉播——

「……為啥？」

他張大嘴巴，愣在原地。

比數變成了七比八。在馬場與可疑人物打鬥、向警察說明來龍去脈的期間，鷹隊追平了六分差距，上演大逆轉。

看來自己錯過最精彩的場面。

和次郎等人道別以後，林走向那珂川沿岸。

現在是傍晚，「小源」還在準備中。林在組裝到一半的攤車旁的椅子坐下來，報告委託的成果。

「喏！」他遞出變得皺巴巴的紙鈔。「我從私接的人身上搶來的。那個叫做薩利姆的殺手，我也好好教訓過了。」

「哦，真不好意思。」

「他的雇主是一群大壞蛋。」

林一面幫源造的忙，一面描述這次事件的始末。

「好像是半灰，開了家在背地裡搞詐騙的公司，派薩利姆殺害想報警的員工。」

「半灰呀……」源造喃喃說道：「這個城市的半灰勢力越來越強大。」

接著，源造改變了話題。

「對了，你為啥打扮成這樣呀？」

「哦，這個啊？」

林身穿黑西裝、戴著墨鏡，平時穿女裝的他鮮少做這種打扮。

「為了把錢從半灰手中拿回來，我們配合榎田的計畫演了一齣戲，假冒乃萬組的流氓。」林說明原委。

「應該很好玩唄。」源造的眼尾皺了起來。「要是馬場知道了，鐵定會很羨慕地說：『這麼好玩的事怎麼不找我。』」

聞言，林猛然想起一件事。

「對了！馬場！」

他想起來了，馬場催他購買福屋的明太子，他居然忘得一乾二淨。現在幾點？直營店還開著嗎？

林向源造道別，立刻衝進最近的店舖購買無添加色素的小辣明太子，之後又搭乘計程車前往醫院，趕在面會時間結束前溜進病房。

馬場正在病房裡更衣。

「喏，你要的貨。」林遞出福屋的袋子，馬場歡天喜地歡呼：「哇！」

馬場的上衣是脫掉的，鍛鍊有素的上半身纏著繃帶。

見狀——

「啊！」

林忍不住叫出聲來。他指著馬場的身體說道：

「你流血了！」

纏在馬場腹部上的繃帶滲出血色。

傷口裂開了。這個混蛋——林咬牙切齒。明明一再叮嚀他安分一點。

「你又練習揮棒了吧？馬蠢！」

「不、不是啦！」

馬場慌忙辯解。

「這是我救被人襲擊的女孩時——」

什麼跟什麼？林啼笑皆非。他沒有好一點的藉口嗎？林斥喝道：「別撒這種一戳就破的謊！」

和豚骨拉麵團的隊員道別之後，榎田前往蓋茲大樓。他和重松約好在一樓的咖啡廳見面。對方已經到了，一面喝咖啡一面等候榎田。

榎田在他的對側坐下，報告這次的事件始末。

「……是嗎？全都遇害了啊。」

重松垂頭喪氣。不過，至少不會出現第四個被害人，可說是不幸中的大幸。

「主謀大概是抓不到了。」

「為什麼？」

「我把那幫人的情報告訴乃萬組，說不定不久後就會在博多灣發現他們的浮屍。」

「喂喂喂，別說這種可怕的話。」

被偷的金塊會由馬丁內斯歸還乃萬組。榎田順便向乃萬組洩漏這次的三個幕後主使者的情報，現在乃萬組的流氓八成已經血脈賁張地闖進根據地。不知道那幫人會有什麼下場？榎田等著看好戲。

重松拿出皮夾。「總之，謝謝你的幫忙。」他將情報費遞給榎田。

就在重松起身時——

「啊，對了，重松大哥。」榎田叫住他。差點忘記要事。「你在二課有認識的人嗎？」

「二課？」

搜查二課主要負責詐騙案，和重松所屬的部門性質不同。

「哎，有是有……怎麼了？」

「基於某種理由，我想先打好關係。」

榎田含糊其詞。

「我有個檔案，想交給有本事的二課刑警。裡頭都是這次詐騙案的資料，或許可以在今後的調查中派上用場。」

「賄賂啊？」

「可以這麼說。」

榎田笑道，把手伸進口袋裡。

但是——

「……啊！」

榎田喃喃說道。

放在上衣口袋裡的隨身碟不見了。

見榎田突然沉默下來，重松一臉詫異地問：

「怎麼了？」

「呃，放在這裡的隨身碟……」

不見了——他喃喃說道。

榎田找遍所有口袋，就連背包也翻過一遍，但依然不見隨身碟的蹤影。

不可能弄丟，那只有一種可能性，就是被偷走了。

犯人他只想得到一個人。

「……哎，今天就讓他出出風頭吧。」

榎田歪起嘴唇。

將借來的賓士車歸還給後輩牛郎以後，大和不由自主地走向醫院。大概是因為經歷飛雄真與半灰的事件之後，想起了懷念的過去。

見到五十嵐家的母親站在四樓的單人病房前，大和本想轉身離去，卻察覺情況有異。五十嵐的母親正在和警衛交談，並朝著身穿制服的雙人組深深低下頭。

待警衛離去之後，大和忍不住上前探問。

「發生了什麼事嗎？」

五十嵐的母親看見大和，一瞬間瞪大眼睛，隨即又點頭稱是。

「有可疑人物闖進壯真的病房。」

聞言，輪到大和大吃一驚。

「咦？」

據她所言，在真澄來探病的時候，有個男人闖進病房。警察已經逮捕犯人、將他帶走，而剛才駐院的警衛是在向她詢問案情。

「別擔心，壯真和真澄都平安無事。正好有位先生經過，救了他們。」

「這樣啊。」

大和垂下視線，喃喃說道。太好了，他鬆一口氣。平安無事就好。

大和暗想，自己是不是該回去比較好？明明被要求別和五十嵐家有任何牽扯，他卻又跑來了。

就在大和轉過身時……

「前田。」

五十嵐的母親突然呼喚他的名字。

「飛雄真都告訴我了。」她的語氣相當溫和。「是你救了他吧。真的很謝謝你。」

「不，沒什麼——」

「那一天的事也一樣。」

聞言，大和倒抽一口氣。

「我知道那一天發生什麼事，真澄告訴我的。」

「不。」大和高聲說道：「那是我，是我害的——」

五十嵐的母親緩緩搖頭，制止大和的話語。

「你不必再折磨自己。沒有人怨恨你。我不怨恨，壯真也不怨恨。」

意料之外的話語讓大和睜大眼睛。

「所以別再來了，也別再給錢。」

五十嵐母親的臉上帶著微笑。看見那溫和的笑容，大和終於明白她要自己別再有任何牽扯的理由，以及隱藏在這句話背後的真正含意。

「……知道了。」

最好別再來了。只要繼續來這裡，他就永遠無法往前邁進，無論是他或這個人都一樣，時間一直停留在那一天。該停止回首了。

大和暗想，就讓這次成為最後吧。這是最後一次來探望好友。

「我可以再看壯真最後一次嗎？」

大和懇求，五十嵐的母親點了點頭，開門讓他入內。

好友依然沉睡著。大和聆聽著規律作響的電子聲，在心中輕喃。

——欸，壯真，我也可以往前走了嗎？

他把手放在好友的身上說道：

「等你出院的時候，我會再來的。」

好久沒有談論未來了。

就像在回應大和的話語一般，壯真的睫毛似乎微微地動了。

大和低頭向五十嵐的母親致意後離開病房。走在走廊上，他聽見某處傳來說話聲。

『這個沒收！』

『呀！為啥！』

『那還用問！』

『把我的明太子還來！』

『不安分的傢伙沒有獎賞！我要拿回家吃！』

『我說過了，不是你想的那樣！』

隔壁病房吵吵鬧鬧的，而且是大和熟悉的聲音。

那兩人在搞什麼鬼啊？大和嘆了口氣，坐上電梯。

離開醫院以後，他漫步於中洲街頭，不久後來到福博的相逢橋。他站在橋中央眺望中洲的街景，眼前是再熟悉不過的景色。太陽下山，霓虹燈開始朦朦朧朧地亮了起來。

大和從西裝口袋裡拿出一個黑色塊狀物。是隨身碟。

和榎田爭吵的那幾秒間，大和趁著抓住胸口之際，將這樣東西從榎田的口袋裡扒了過來。

榎田說要把這個隨身碟賣給搜查二課。然而，裡頭的檔案包含參與川端電話服務電話詐騙的所有人員名簿。換句話說，五十嵐飛雄真的資料也在其中。

若是這個檔案經由榎田落入二課之手，警察就會知道飛雄真也有涉案，大和不能讓這種情況發生。為了保護飛雄真和五十嵐家，大和擺了榎田一道。他故意挑釁，順勢接觸榎田，從榎田的口袋裡拿走隨身碟。

現在榎田應該已經察覺重要的檔案不見，慌了手腳吧。活該！大和想起那個總是捉摸不定的男人，露出笑容。偶爾也要給他一點顏色瞧瞧，讓他知道一山還有一山高。

大和大步助跑，朝著緩慢流動的那珂川扔出隨身碟。

九局下

「——剛才的男人好像在哪裡看過。」

打破沉默的是怜音這句話。

找上門來的乃萬組流氓有五人，高山詢問：「你是說哪個男人？」

「就是那個一副小弟模樣，留金髮油頭，還有紅色挑染。」

到底是誰？怜音歪頭納悶。

高山聳了聳肩。「你當然看過。你在乃萬組打雜，應該是在某個地方照過面吧。」

「說得也是。」

那幫流氓離開了，他們暫且逃過一劫，然而損失實在太慘重。好不容易搶來的金塊和營收現金被奪走，而且屋島還受了傷。

「屋島，不要緊吧？要不要去醫院？」

「不用。」

屋島搖了搖頭。

「我沒事。」他用襯衫綁住滲血的大腿。「傷口很淺。」

「是啊。」高山點頭。屋島的傷口還算淺。而且，那幫人搶走的只有三分之一的營收，剩下的錢放在其他地方保管。

「喂！」

出聲的是後藤。

「你們看。」

他將智慧型手機的螢幕轉過來，上頭顯示的是新聞標題「孟加拉人潛入醫院行竊被捕」和男人的大頭照。

那是張熟面孔。

「這不是薩利姆嗎！」

屋島大叫。

高山抱住了腦袋。「……那傢伙在幹什麼啊。」

雖然完全不明白發生什麼事，但薩利姆被捕可是件嚴重的大事。若是薩利姆在警察問案時將一切供出來，他們幹的壞事也會跟著曝光，被警察追緝只是時間的問題。

既然如此，該做的事情只有一件。

「逃去外國吧。」

高山提議，後藤也點頭贊同。「只能這麼做了。」

幸好還有資金，就是藏起來的那些錢。

「怜音，你也來幫忙搬錢。」

高山命令從牛郎轉行的男人。在這種狀態下，屋島大概幫不上忙，人手越多越好。

高山等人立刻坐進車裡，目的地是三號線沿線的出租場地。他們把過去做壞事賺來的錢全都藏在那裡的金庫。應該沒人想得到，那種地方居然藏了上億的鉅款。

出租場地的店裡放著好幾個小貨櫃，高山將鑰匙插入寫著六十四號的貨櫃門，走進裡頭，然後輸入金庫密碼解鎖，從中取出現金。

正當四人合力將鈔票塞進波士頓包裡時……

「——真有錢啊。」

背後傳來男人的聲音。

高山等人猝不及防，驚訝地回過頭來。

不知幾時間，眾多黑衣男子包圍了貨櫃，全都舉槍指著他們。他們只顧著裝錢，完全沒有發現。

帶頭的男人踩著錚錚作響的皮靴，緩步走進貨櫃裡。看見他的臉，怜音啞然失聲。

屋島低吼：「你是誰？」

「乃萬組的岸原。」男人回答。「這麼說應該就明白了吧？」

岸原……是那個岸原？

高山瞪大眼睛。「你是怎麼找到這裡——」

「靠著你身上的晶片。」

岸原指著怜音。

「什麼？」高山皺起眉頭，將視線轉向怜音。「你不是已經拿掉晶片——」

怜音氣呼呼地反駁：「對啊！我已經動過手術了！」

岸原望著爭論的兩人，哈哈大笑。

「你去諮詢以後，我就去找那個密醫，拜託他假裝幫你取出晶片。真遺憾啊。」

岸原歪起嘴說道。

「等、等一下！」

這樣下去不妙。焦躁感油然而生，高山連忙高聲說：

「如果是金塊的事，我道歉。我已經還給你的部下了，說好要放過我們的吧？」

「哦，這件事啊？其實他們不是我的部下。」

聽岸原這麼說，高山瞪大眼睛。

「我認識的拷問師對我說：『我知道是誰搶走了金塊，可以和朋友合力幫你拿回來。』他們的目標是你們的錢，而我們只要知道金塊和你們的下落就夠了，利害關係是一致的，所以聽完他的提議，我決定和他們聯手。」

這麼說來，那五個人其實不是流氓？一切都是在演戲？目的是搶走他們的營收現金嗎？

高山一陣愕然。

「老實說，金塊根本不重要。」

岸原低聲說道。

「我不爽的是寶貝女兒受到傷害。」

岸原的女兒就是被怜音痛宰的肥羊，而幕後主使者正是高山等人。

這個事實代表什麼意義，高山等人當然明白。

「你們利用我女兒搶金塊，對吧？那全是陷阱，因為我女兒也已經受夠了那個牛郎。我是故意安排你們搶走我的金塊，為的是向欺騙寶貝愛梨的傢伙報仇。別的不說，你們這些半灰在社會上橫行無阻，我早就看不順眼了。」

他用充滿威嚇之色的聲音恨恨地說道。

「別小看流氓啊，臭小子。」

說完，岸原輕抬下巴。

「全都給我抓起來。」

賽後訪談

這一天的練習比賽難得所有人都到齊。住院中的隊長馬場也特別徵得外出許可，穿上鮭魚粉色的制服。說歸說，他的狀態還不能以二壘手的身分參與整場比賽，因此今天擔任的是代理教練。

三壘邊的休息區前。

「第一棒右外野手，大和老弟。第二棒中外野手，榎田老弟。」

聽了馬場代理教練宣布的今日棒次，豚骨拉麵團的隊員一陣騷動，因為平時打第一棒的是榎田。

「偶爾這樣也不壞唄？」

馬場得意洋洋地挺起胸膛。雖然是坐在休息區裡觀戰的角色，但畢竟是睽違已久的業餘棒球賽，他似乎幹勁十足。

代替他出場比賽的源造笑道：「馬場教練的攻勢好凌厲呀。」

「聽說今天的棒次是他熬夜排出來的。」

林用嘲弄的口吻爆料。

「喂喂喂，你也太過起勁了吧。」

「居然在醫院裡做這種有害健康的事，真是的。」

馬丁內斯和次郎兩人也啼笑皆非。

眾人閒聊了一會兒。

「這麼一提……」林開口說道，「那個殺手後來怎麼了？」

那個殺手指的是薩利姆。

「簽證早已過期，他應該會被遣返唄。」源造苦笑，「反正他也說不幹殺手了，或許正好。」

「咦？」林瞪大眼睛。「那傢伙不幹殺手了？為什麼？」

「他被打得鼻青臉腫，留下心理創傷，沒有自信在這個業界繼續待下去。」

「搞什麼，才稍微修理一下就怕了？真是個跟烏龍麵一樣軟趴趴的傢伙。」

林用鼻子哼了一聲，面有得色。

「抱歉，老爺子，都是因為我太強，害那傢伙一蹶不振。」

「小林就是這樣不留情面，下手輕一點有啥關係？」馬場一臉同情。「雖然我不認識那個殺手，但他也太可憐了。」

大和離開閒聊的隊員們，在休息區邊緣坐下來。在他喝運動飲料時……

「第一棒啊？」榎田在他身旁坐下，對他笑道：「賺到了喔。」

的確，第一棒的盜壘機會比第二棒多。現在的盜壘紀錄是榎田三十四次、大和三十次，兩人相差四次，有可能在一場比賽中逆轉。這場棒次排在榎田之前的比賽，可說是大和的大好機會。

大和藏起這番真心話，冷淡地回答：「並沒有。」

「咦～？」

「排第幾棒都沒差。」

「又說這種話，明明一臉開心。特攻總長的熱血沸騰了嗎？」

「……吵死了。」

又來了？大和感到厭煩。所以他才不想讓這傢伙知道自己的把柄。

此時，榎田的話語突然閃過腦海——反正照片檔案存在隨身碟裡。他的把柄仍舊在榎田手中。

「喂，快把那張照片的檔案交出來。」

大和瞪著榎田。不知何故，榎田睜大眼睛。「咦？」

「幹嘛？」

「你沒看內容嗎？」

「啊？你在說什麼？」

榎田沒有回答問題。

「欸！」他的語調突然變了。「從我的口袋裡偷走『那個』的是你吧？」

那個，指的應該是裝有詐騙集團檔案的隨身碟吧。從榎田的口袋裡扒走那樣東西並扔進那珂川的人正是大和。

然而，大和裝作不知情。

「你在說什麼？我聽不懂。」

「那是假的。」

「咦？」

大和忍不住叫出聲來。

他隨後才察覺自己露餡了，這樣等於承認自己是犯人。

果不其然，榎田露出正中下懷的表情。

「你以為成功擺了我一道？哎，你的順手牽羊功夫我是很肯定啦，不過你扒走的那個隨身碟裡裝的是其他檔案。」

「喂，真的在哪裡？」

「早就交給警察了。參與詐騙的員工應該都會被找去問話吧。」

「咦！」出聲的是在附近做伸展操的齊藤。他似乎聽見兩人的對話，臉色發青地問：「你剛才說的是真的嗎？」

那個檔案裡也有好友弟弟的資料。飛雄真好不容易洗心革面，不能在這時候被警察逮捕，所以大和才扒走隨身碟、銷毀檔案，但是對手似乎棋高一著。這個香菇頭！

就在大和咬牙切齒之際……

「放心吧。」

榎田揚起嘴角說道。

「五十嵐飛雄真的檔案被我刪掉了。」

大和咂了下舌頭。一股難以言喻的情感湧上心頭，在鬆一口氣的同時，又覺得滿肚子火。他不願認輸，但這小子的腦袋確實很靈光。

「我的呢？我的檔案呢？」

榎田隨意打發哀號的齊藤，從板凳上起身。看著他的背號二十四號，大和暗自回想剛才他所說的內容。

當自己要求榎田交出飆車族時代的照片檔時，榎田驚訝地問道：「你沒看內容嗎？」隨後便提起隨身碟的話題。

而且，他說大和扒走的是假貨，裝的是其他檔案。

——那裡頭裝的是什麼？

只要稍微想想，就知道答案了。

「啊……」大和喃喃說道，拍打膝蓋。「可惡，被騙了。」

不過，大和的表情和嘴裡說的話正好相反，臉上帶著油然而生的笑意。

他被榎田的言行給騙了，誤以為當時他扒來的是裝有詐騙集團檔案的隨身碟。自己的可恥過去似乎早已沉入那珂川底。如果這也在那個男人的預料之中，那麼大和不得不承認——

這次自己輸得一塌糊塗。

馬場代理教練呼喊：「比賽開始了。」大和將帽簷移回前方，從板凳上站起來。

雙方整隊，彼此打招呼。

裁判宣布比賽開始。

今天同樣是豚骨拉麵團先攻，自己是第一棒。換作平時，大和該前往打擊準備區，今天卻是直接走進打擊區。

盜壘王之爭絕不能輸，無論如何都得上壘。大和大膽進行觸擊短打，球滾到三壘邊線的絕妙位置，大和搶在一壘手接到傳球之前衝過壘包。

無人出局，一壘有人，榎田進入打擊區。代理教練並沒有打出短打的暗號，代表榎田可以自由打擊。源造說得沒錯，馬場教練似乎偏好積極的戰略。

不過，這一點對於大和同樣有利。這是盜壘的好機會。大和比平時更加遠離壘包，專心觀察投手的動作。投手一抬腳，他便毫不遲疑地奔向二壘。

起跑很順利。

然而，大和未能成功盜壘。

投手投出的第一球是偏高的明顯壞球，榎田卻揮棒了。平時他明明不會打這樣的球。

擊球聲悶悶的，那是顆疲軟無力的游擊方向滾地球，不過反而立下大功，大和因此上二壘。游擊手撿起球來投向一壘，但是榎田快了一步。

——可惡，那個混蛋。

大和皺起眉頭。

如果榎田沒打那顆球，就是一壞球。大和盜壘成功，便是無人出局、二壘有人的機會。榎田明白這一點，故意第一球就出棒，目的是不讓大和盜壘。一壘上的榎田對著大和露齒而笑。這小子就愛耍這種小聰明。

打帶跑戰術意外成功，形成無人出局、一二壘有人的大好機會，結果可說是相當圓滿。第三棒打者是源造。

只見代理教練馬場打了暗號。

大和大吃一驚。他原本以為馬場會用犧牲觸擊的方式，腳踏實地將跑者往前推進，誰知並不然。

「不不不，太突然了吧。」

他忍不住在壘包上喃喃說道。

馬場打的是雙盜壘暗號，他要兩名跑者同時進壘。

大和瞄了榎田一眼，只見榎田也露出「別突然做出這種無理要求」的表情。即使如此，他臉上還是難掩愉悅之色。

自己八成也一樣吧。

球投了出去。

接下來只能往前邁進——大和朝著三壘全速奔馳而去。

GAME SET

後記

睽違約兩年的續集(註1)。讓大家等這麼久，真的很抱歉。作者並沒有生病，請別擔心。託大家的福，我每天都過得很好，最近迷上了自由搏擊，整天在訓練。再這樣下去，十年後或許會從小說家轉行成格鬥家也說不定。

先不說笑了。我很高興有許多讀者朋友一直支持本作，期待續集出版。「我快忘記怎麼寫了……」向責編如此哭訴之後，我終於開始著手撰寫第九集。如同剛才所言，由於事隔過久，「咦？我以前是怎麼寫《博多豚骨拉麵團》？」我經歷好一番苦戰才寫完這一集，聽到責編說「很好看」時，真的鬆一口氣。希望守候至今的讀者朋友們也會喜愛這一集。

回想起來，《博多豚骨拉麵團》第一集是在二〇一四年二月發行，第九集正好是六周年。當初我從沒想過這個系列能夠持續這麼久。這全是託一直購買本系列並給予支持的讀者朋友的福，我要在這裡致上由衷的謝意。真的很感謝大家，希望大家今後也能繼續支持本系列。

這次作品中出現了詐騙集團，而我在 Media Works 文庫也推出了以詐騙為題材的系列作「金錢陷阱（暫譯）」。這是熱愛金錢與賭博的騙徒——滿，與唯我獨尊的帥氣小開——無零，這對互補拍檔展開的詐騙遊戲犯罪喜劇，目前已出版《金錢陷阱　三流騙徒與神祕小開（暫譯）》以及《金錢陷阱　冒牌王子與殘暴一族（暫譯）》兩集。這是充滿魅力的難兄難弟共同譜成的輕鬆詼諧小品，還沒看過的朋友不妨看看。懇請大家多多支持。

木崎ちあき

◉註1：後記提及的出版時間，均為日版書籍資訊。

這是屬於只能在火中生存的神祕偵探們之事件簿。

浴火之龍 「沙羅曼達」的網路炎上事件簿

汀こるもの／著　許婷婷／譯

以電腦講師身分過著平凡人生的我，因為學生而被捲入潛藏於網路的麻煩事。為了解決網路炎上事件，我們前往網路疑難雜症諮詢所「沙羅曼達」。自稱生息於火中的這群人，會投身於炎上事件來解決問題。而被所長奧米加強行徵召入夥的我，將親眼見識到「有違常理的解決方式」——

定價：NT$280/HK$93

輕文學
Light Literature

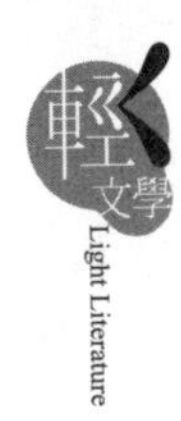

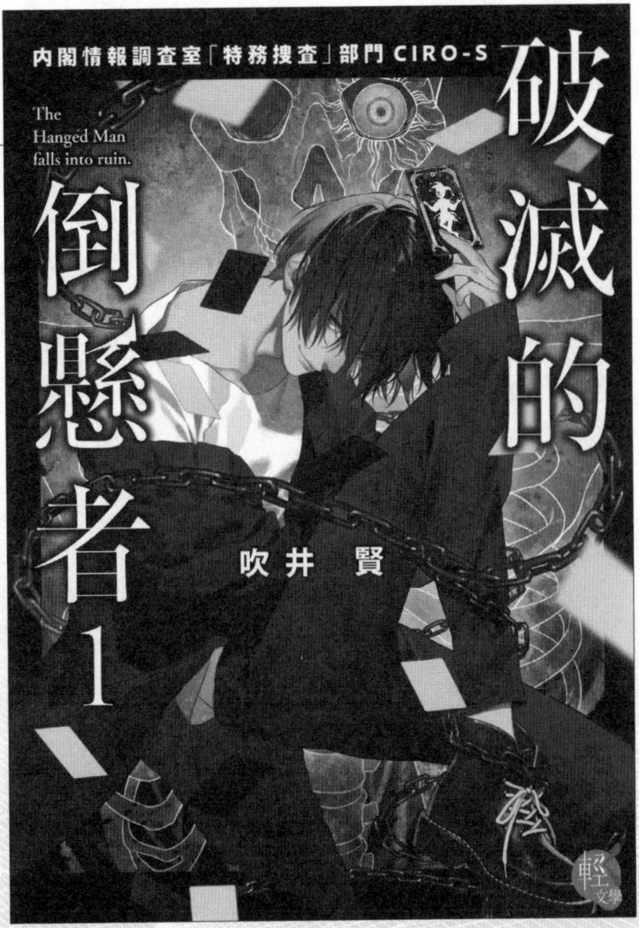
內閣情報調查室「特務搜查」部門 CIRO-S
The Hanged Man falls into ruin.
破滅的倒懸者 1
吹井 賢
輕文學

不按牌理出牌的主角，與超常規模的龐大事件。
不到最後一刻，無法預期走向！

破滅的倒懸者 1 閣情報調查室「特務搜查」部門 CIRO-S

吹井賢／著　黃涓芳／譯

國家機密檔案在一場怪異事件中消失了。唯一的線索是案發現場目擊者——戻橋東彌。承辦檔案消失事件的內閣情報調查室特務搜查部門（通稱「CIRO-S」）新進搜查員雙岡珠子，在東彌的協助下，共同調查並尋找消失的檔案。可是，不怕死的東彌無視珠子的擔憂，以無人能預期的方式逐漸逼近事件核心……

定價：NT$280/HK$93

國家圖書館出版品預行編目資料

博多豚骨拉麵團 / 木崎ちあき作；王靜怡譯 . --
初版 . -- 臺北市：臺灣角川，2020.09-
冊；　公分 . -- (Kadokawa light literature)(角
川輕 . 文學)

譯自：博多豚骨ラーメンズ
ISBN 978-986-325-747-9（平裝）

861.57　　109010724

博多豚骨拉麵團 9

原著名＊博多豚骨ラーメンズ 9

作　　者＊木崎ちあき
插　　畫＊一色 箱
譯　　者＊王靜怡

2020 年 9 月 7 日　初版第 1 刷發行

發 行 人＊岩崎剛人
總 編 輯＊呂慧君
副 主 編＊溫佩蓉
設計主編＊許景舜
印　　務＊李明修（主任）、張加恩（主任）、張凱棋

台灣角川

發 行 所＊台灣角川股份有限公司
地　　址＊105 台北市光復北路 11 巷 44 號 5 樓
電　　話＊（02）2747-2433
傳　　真＊（02）2747-2558
網　　址＊http://www.kadokawa.com.tw
劃撥帳戶＊台灣角川股份有限公司
劃撥帳號＊19487412
法律顧問＊有澤法律事務所
製　　版＊尚騰印刷事業有限公司
I S B N＊978-986-325-747-9